엄마만으로
완벽했던 날들

진아

담:다

'엄마'만으로
완벽했던, 날들

남편이 없던 엄마와 아빠가 없던 딸의

애틋한 러브스토리

고단했을 엄마의 시간을
내가 모두 기억할게요.

사랑하는 나의 엄마께
그리고 당신이 사랑할, 당신의 엄마께

목차

2장 | 나의 기억을 남기다

3장 | 우리의 기억을 추억하다

4장 | 엄마가 되어 엄마를 만나다

프롤로그

이 글은 엄마와 나의 애틋한 사랑 이야기이다. 엄마뿐이었지만, 엄마만으로 완벽했던 시간의 기록이다. 오랜 세월 혼자 두 딸을 키워낸 엄마에게 바치는 헌사이자, 엄마의 고단했던 세월을 위로하는 작은 속삭임이다.

내가 엄마 뱃속에 둥지를 튼 그날부터 우리의 사랑 이야기는 시작되었다. 어쩌면 엄마에게 남편이, 내게 아빠가 있었다면 조금 덜 애틋했을지도 모른다. 아빠는 엄마가 나를 임신했을 때부터 조금씩 엄마 곁을 떠나고 있었다. 남겨진 엄마는 홀로 나를 품었고, 아홉 달을 견뎌 세상에 내어놓았다.
그리고 생을 바쳐 나를 사랑했다.

엄마에게 나는 딸이고 남편이며, 친구이고 애인이었다. 나 역시 그런 엄마를 보통의 딸들보다 더 열렬히 사랑했다. 어찌 보면 특별하지만 들여다보면 평범하기 그지없는 이야기이다. 자식을 위해 당신의 삶을 희생하는 엄마는 흔하고, 엄마를 사랑하지 않는 자식은 드무니까. 다만 아빠의 몫까지 짊어져야 했던 나의 엄마는 조금 특별했고, 그런 엄마가 애잔했던 나는 조금 유난했다.

이 책은 나의 유난한 사랑이 맺은 결실이다.

1장 '엄마의 기억을 빌리다'에는 너무 어려 모르고 지나쳤던 엄마의 시간을 기록했다. 나의 기억에는 편린으로만 남아 있거나 아예 남아 있지 않은 이야기이다. 덕분에 1장을 쓰는 동안 엄마와 많은 이야기를 나누었다. 이 책이 아니었다면 결코 모르고 지나갔을 엄마의 시간, 아니 엄마와 나의 시간이었다. 가능한 한 엄마의 기억을 생생히 담아내고자 했기에 엄마의 목소리를 그대로 받아쓰기하듯 썼다.

2장 '나의 기억을 남기다'에는 내 기억 속에 남아 있는 엄마의 세월을 그렸다. 두 딸의 울타리가 되기 위해 연약한 몸으로 세상과 맞섰던 엄마를 나의 시선에서 기록했다. 쉬이 잊히지 않는 기억을 끄집어내어, 엄마를 향한 오랜 사랑을 고백하는 마음으로 썼다.

3장 '우리의 기억을 추억하다'에는 나와 엄마 그리고 동생까지, 우리 세 식구가 함께 한 시간을 엮었다. 물질적으로는 넉넉하지 않았지만 정신적으로는 더할 나위 없이 풍요로웠던 나의 유년시절에 대한 기록이다. '엄마만으로 완벽했던 날들'이라는 제목을 선물해준, 고마운 시간을 담뿍 담았다.

4장 '엄마가 되어 엄마를 만나다'에는 두 아이의 엄마가 되어 바라본, 엄마의 삶을 담았다. 아이를 낳고 나자 엄마를 향한 새로운 감정이 싹텄다. '엄마'라는 공통분모에서 오는 유대감일 수도 있고, 이제야 엄마의 삶을 제대로 바라보며 생긴 연민일 수도 있다. 엄마 앞에 더해진 '친정'이라는 두 글자는 설명할 수 없을 만큼 묵직한 울림을 주었다. 애틋한 마음으로 서로를 사랑하게 된 지금을 기록했다.

누군가의 엄마이고, 딸 어쩌면 아들일 당신께 선물 같은 책이 되기를 바란다. 내가 그랬듯, 잊고 살았던 엄마와의 시간을 가만히 그려볼 수 있기를. 엄마의 시간을 궁금해하고 엄마의 안부를 묻는 일에 시작점이 될 수 있기를.

두 손 모아 기도해본다.

2021년 9월

진아

1장

——

엄마의
기억을 빌리다

배꼽

찬바람이 삶의 허리를 날카롭게 베는 날
두 발로 디딘 땅이 위태롭게 흔들리는 날
수많은 사람이 곁을 스쳐 지나는 날
온몸으로 울면서도 눈물 들키고 싶지 않은 날
그런 날이면
가만히 고개를 숙인다
눈길 머문 곳에는 언제나
움푹 파인 배꼽이 있다

태초에 당신과 이어져 있었다는 표시
당신과 나 사이의 연결고리
한순간도 혼자인 적 없었던 시간의 기록
무사히 이 땅에 태어났다는 자랑스런 흉터

하필, 이름도 엄마 손가락인

두 번째 손가락으로 만지작거려 본다

이내 찬바람이 걷힌다

땅의 흔들림이 멈춘다

곁에 머무르는 사람이 보인다

눈물이 그친다

그래, 혼자가 아니었지

새 우주로 잉태된 순간부터

언제나 당신과 이어져 있었지

모든 것이 괜찮아진다

배꼽을 바라보는 것은

당신을 그리는 것이다

그로써

슬픔을 걷어내는 것이다

외로움을 털어내는 것이다

엄마와 딸이라는
인연,
그런 운명

겨우 스물셋, 엄마는 부모님이 반대하는 결혼을 했다.

엄마는 좋게 말하면 순진하고, 나쁘게 말하면 고지식한 사람이었다. 첫 연애 상대였던 아빠와 당연히 결혼까지 해야 한다고 생각했으니. 그렇다 해서 엄마의 첫 연애가 대단히 아름답지도 않았다. 엄마와 아빠의 연애는 오직 아빠의 강력하고 끈질긴 구애의 결과였다. 엄마에게 첫눈에 반한 아빠는 갖은 방법을 동원하여 엄마를 설득했다. 아빠에게 엄마는 처음부터 사랑이었을지 몰라도, 엄마에게는 그렇지 않았다. 하지만 지칠 줄 모르는 아빠에게 엄마는 결국 마음을 내어주었다. 엄마는 그때 아빠가 조금 가여워 보였다고 했다. 그러니까 엄마의 사랑은 절반쯤 연민에서 출발한 감정이었다.

외할머니는 엄마의 결혼을 마지막까지 반대한 유일한 분이셨다. 어쩌면 외할머니는 엄마로서 딸의 불행을 예감하셨던 게 아니었을까. 자라는 동안 한 번도 부모의 말을 거역한 적 없던 엄마. 그런 엄마가 인생에서 가장 중요한 결정을 앞두고 부모의 말을 거슬렀으니, 외할머니의 충격도 이만저만이 아니셨을 것이다. 그러나 할머니도 끝내 자식 이기는 부모는 되지 못하셨다. 엄마와 아빠는 꽃피는 봄날, 그중에서도 만물이 소생한다는 식목일에 결혼식을 올렸다.

그리고 신혼여행에서 내가 생겼다.

엄마는 임신 기간 내내 지독한 입덧에 시달렸다. 물 한 모금 삼키지 못하는 날이 허다했다. 먹지 못한 상태에서도 구역질은 계속되었다. 신혼살림을 따로 마련하지 못해 시집살이를 해야 했던 엄마는 남들 다 하는 임신을 유난스럽게도 하는 며느리이자 아내가 되었다. 엄마는 임신 전보다 더 작아진 몸으로 시집살이까지 견뎌야 했다.

엄마를 보듬고 품었어야 할 아빠는 도리어 외면했다. 결혼 전 그토록 끈질긴 구애를 펼친 사람이 맞나 싶을 만큼, 아빠는 이미 다른 사람이 되어있었다. 낯선 공간에서 낯선 고통을 느끼며 엄마는 하루하루를 버텼다. 털어놓을 수 없는 외로움과 덜어지지 않는 고통은 날로 커졌다. 꼭 그만큼의 속도로 뱃속의 나는 쑥쑥 자라났다.

고된 하루가 끝날 때쯤, 엄마는 작은 방에 홀로 누워 무슨 생각을 했을까? 오지 않는 아빠를 기다렸을까? 결혼 전과 너무도 달라진 아빠를 원망했을까? 자신의 섣부른 선택을 후회했을까? 어두운 방에 봉긋한 배를 쥐고 동그랗게 누워 있는 엄마의 모습을 떠올릴 때면, 슬픈 상상이 밀려오곤 했다. 저 뱃속에 내가 없었다면 엄마는 조금 덜 힘들었을까, 나는 왜 그리도 급하게 엄마를 찾아갔을까, 내가 조금이라도 늦게 찾아갔다면 엄마는 다른 삶을 살았을까, 내가 끝내 엄마를 찾아가지 않았다면…… 그 랬다면 어땠을까?

꼬리에 꼬리를 무는 헛된 상상을 밀어낸 것은 어디에선 가 들려올 것만 같은 엄마의 목소리였다. 그때의 엄마는 배 위에 손을 얹어, 내가 있었을 어딘가를 따스하게 어루 만졌을 것이다. 내가 내 아이에게 그랬던 것처럼, 진심을 다해 속삭였을 것이다.

"네가 와주어서 엄마는 행복하단다."

엄마의 목소리를 상상하다 깨달았다.
우리의 만남은 운명이었다는 것을.
생각만으로도 애틋한, 엄마와 딸이라는 인연,
그런 운명.

- 엄마의 시간에 더하는 나의 이야기

첫아이를 임신하기 전까지는 엄마 배 안에서 자라던 때를 떠올려 본 적이 없었다. 기억할 수 없는 시간이었고, 현실감 없는 일이었다. 임신을 하고 뱃속에서 새로운 생명체가 자라는 과정을 고스란히 지켜보았다. 그제야 오래전 그날을 상상하며 내 자리에 엄마를, 아이 자리에 나를 놓아보는 경험을 했다. 특별한 일이 없는 경우 남편이 병원 진료에 동행했는데 그때마다 서글픔 비슷한, 묘한 감정을 느꼈다.

'나도 저렇게 조금씩 자라났겠지. 저 모습을 혼자 지켜봐야 했던 엄마, 참 외로웠겠다. 그 어린 나이에 참 많이 힘들었겠다.'

그렇게 엄마가 되고서야, 비로소 엄마의 생과 온전히 마주할 수 있었다.

서로에게
서로를
기댄 채

엄마는 임신으로 인한 모든 변화를 혼자 견뎌내야 했다. 유난히도 입덧이 심했던 엄마는 임신 기간 내내 먹을 수 있는 것이 거의 없었다. 밥을 물에 말아 겨우 한두 숟가락 먹거나 사이다를 몇 모금 마시는 정도가 전부였다. 그때 엄마의 식욕을 돋우던 거의 유일한 음식은 아귀찜이었다. 수시로 집을 비우던 아빠에게는 기대조차 할 수 없었다. 시집살이를 하던 처지에 혼자 나가 먹고 올 수도 없었다. 유일한 기회는 한 달에 한 번, 산부인과 진료를 위해 외할머니와 만나던 날이었다.

진료가 끝나면 외할머니는 약속이라도 한 듯이 아귀찜을 파는 식당으로 엄마를 데려가셨다. 지금도 밥 한 공기를 다 못 먹는 엄마가 그 아귀찜만은 혼자서 다 먹었다고 한다. 한 달의 허기를 허겁지겁 채워내던 엄마, 그런 엄마를 바라보던 외할머니의 마음은 어땠을지. 신기하게도 엄마는 할머니가 사주신 그 아귀찜만큼은 단 한 번도 게워내지 않았다.

몸의 허기는 그렇게라도 채워나갔지만, 마음의 허기는 채울 길이 없었다. 호르몬은 자꾸만 엄마의 마음을 흔들었다. 항상 비어있었던 아빠의 자리는 때론 허전함으로, 때론 미움으로 엄마를 괴롭혔다. 엄마의 이야기를 들어줄 사람이 단 한 사람도 없었다. 나는 자연스럽게 엄마의 유일한 대화 상대가 되었다.

엄마는 넋두리하듯 그날 있었던 일들을 나에게 털어놓았다. 힘들고 고달픈 시간을 고백하기도 했지만, 첫 아이였던 나에게 애틋한 마음을 전하기도 했다. 버거운 삶이지만 나를 품고 있어서 모든 것을 감당할 수 있다고, 나를 사랑하는 마음으로 모든 순간을 이겨내고 있다고.

하루의 끝에 잔잔히 울려 퍼지는 엄마의 목소리를 알아들었던 걸까. 나는 유난히도 태동이 많은 아기였다고 한다. 엄마의 손길을 느끼며, 나지막하게 울려 퍼지는 목소리에 귀를 기울였을 것이다. 말 대신 몸짓으로 엄마에게 대답한 거겠지.

'엄마, 너무 외로워 말아요. 내가 여기 있어요.'

그때 이미 우리는 서로에게 기대어 생을 살아내고 있었다. 마주하기 전부터 뜨겁게 사랑하고 있었다.

– 엄마의 시간에 더하는 나의 이야기

엄마를 닮아 입덧이 무척 심했다. 열 달 내내 계속된 엄마에 비해서는 짧았지만, 6주부터 20주까지 석 달 넘는 시간을 지독한 입덧에 시달렸다. 직장 생활도 제대로 하기 힘들어 병가를 몰아 쓰며 그 시간을 버텼다. 엄마가 신혼집에 오기도 하고, 내가 친정집에 머물기도 하면서 먹고 토하기를 반복했다. 내가 입덧이 심한 것이 꼭 자기 탓인 양 엄마는 석 달 내내 전전긍긍했다. 뜬금없이 떠오르는 음식을 지나가듯 이야기하면 엄마는 어떻게든 그것을 구해왔다. 마치 삼십여 년 전의 자신을 보듯, 애처로운 손짓으로 한 입만 먹어보라고 했다. 물론 먹지 못한 것이 대부분이었지만.

이제 와 돌이켜보니, 설명할 수 없는 입덧의 고통을 온전히 이해받은 것만으로도 내게는 꽤 괜찮은 날들이었다.

첫 온기를
나누었던
순간

임신 후기에 접어들었던 엄마는 갑작스럽게 '임신 중독' 진단을 받았다. 제대로 먹지도 못한 채 입덧에, 시집살이까지 견디던 몸이 더 이상 버티지 못한 것이다. 온몸이 퉁퉁 붓기 시작했고 컨디션은 급격히 나빠졌다. 결국 예정일보다 한 달 가량 앞선 12월의 마지막 날, 진통이 시작되고 말았다.

아홉 달 동안 곁에 없던 아빠가 그날이라고 있을 리 없었다. 엄마는 혼자 분만대기실에 들어갔다. 이미 극도의 고통이 엄마의 온몸을 휘감은 때였다. 도무지 가만히 있을 수 없는데 간호사들은 가만히 누워 있으라고 했다. 임신 중독에, 이른 진통까지 왔으니 엄마는 분명 위험한 산모였다. 불행히도 엄마의 고통에 귀 기울이는 사람은 없었다. 허리가 끊어지고 골반이 뒤틀리는 듯한 진통의 시간을 엄마는 홀로 견뎠다.

참다못한 엄마는 퉁퉁 부은 다리를 침대 밖으로 늘어뜨린 채 아래로 기어 내려갔다. 침대 다리를 끌어안고 쪼그려 앉으면 그나마 견딜 만했기에……. 하지만 간호사들은 그런 엄마를 보고만 있지 않았다. 나를 품고도 겨우 50킬로쯤 나가던 엄마를 번쩍 들어 침대에 내동댕이치듯 던져두었다. 그러기를 몇 번, 엄마의 온몸에 붉은 멍자국이 피어오를 때쯤이 되어서야 의료진은 엄마를 들여다보았다. 급하게 분만실로 옮겨졌고 얼마 지나지 않아 내가 태어났다.

엄마의 외로운 고통과 맞바꾼 나의 생이 이 땅에 뿌리 내리던 순간이었다.

나는 무사히 태어났지만 엄마는 너무 많은 피를 쏟아낸 탓에 수혈을 받아야 했다. 엄마는 온몸에 피주머니를 주렁주렁 매단 채 병실로 옮겨졌다. '이 산모 잠들면 죽어요.'라는 간호사의 무미건조한 말과 함께.

이모와 외할머니는 정신이 흐릿해지는 엄마의 뺨을 때려가며 엄마를 깨웠다. 안타깝게도 모두의 바람과 달리 엄마는 깊은 잠에 빠지고 말았다. 아빠는 늦은 밤이 되어서야 병원에 왔다. 사위가 어려웠던 외할머니는 보호자 침대를 꺼내어 아빠에게 얼른 쉬라고 했고, 아빠는 정말 푹 잤다고 한다. 몸 곳곳에 주사바늘을 꽂은 채 죽은 듯 잠들어 있던 엄마의 침대 아래에서. 멀쩡하던 당신 딸을 살려내라며 외할아버지가 병원을 발칵 뒤집어 놓던 그 순간에도.

하늘이 도왔던지, 꼬박 하루 만에 기적처럼 엄마는 깨어났다. 엄청난 양의 수혈을 받았지만 끝내 살아났다. 그렇게 내 곁으로 돌아왔다.

임신 중독 때문에 7박 8일 만에야 퇴원했던 엄마는 그때 처음으로 나를 안았다. 아홉 달 동안 모든 것을 내어주고 뼈밖에 남지 않았던 엄마는 열 달을 채우지 못해 작게 태어난 나를 깊이 끌어안았다. 너무 여리고 약했던 우리는 서로에게 몸을 맞댄 채 첫 온기를 나누었다.

온몸에 피멍이 들어가는 것도 모를 만큼 몸서리치게 아팠을 엄마의 순간.
차가운 침상에서 생살이 찢어지는 고통을 오롯이 혼자 견뎠을 엄마의 시간.
첫 포옹에서 남은 생의 전부를 걸어 나를 지키겠다고 다짐했을 엄마의 마음.

엄마의 고통에는 비할 수도 없었을 산고(産苦)를 직접 겪고서야, 그때의 엄마를 온전히 느낄 수 있었다. 어쩌면 내가 겪은 산고는 엄마에게 진 빚을 아이에게 내리갚음한 것인지도 모르겠다.

– 엄마의 시간에 더하는 나의 이야기

첫아이를 출산하던 날, 꼬박 24시간 동안 진통을 했다. 12시간은 집에서, 12시간은 분만실에서 온몸이 뒤틀리는 고통을 견뎌야 했다. 새벽이슬을 맞으며 분만실에 들어갔지만 아이의 울음소리가 울린 것은 저녁 식사 시간이 되어서였다.

가족 분만실에 누워 진통을 견디던 내 곁에는 엄마와 남편이 있었다. 나를 바라보는 남편의 눈빛 이상으로 엄마의 눈빛은 애처로웠다. 남편에게는 상상하기 어려운 고통이었을 테지만 엄마에게는 아니었다. 삼십여 년 전에 당신이 겪은 고통을 떠올리며 엄마는 온몸으로 함께 앓아주었다.

아이를 낳으면 곧장 엄마가 되는 줄 알았다. 그러나 아이를 낳는 순간에도 엄마가 필요했다. 여전히 그리고 영원히, 나는 엄마의 '딸'이었다.

두 번의
단칸방을
거치며

일곱 살이 되던 해, 나와 동생 그리고 엄마, 우리 세 식구는 외가로 들어가게 되었다. 그전까지 우리는 두 번의 단칸방을 거쳤다. 너무 오래전이라 어렴풋한 이미지로만 남아 있는 첫 번째 단칸방과 선명하게 기억나는 두 번째 단칸방. 두 곳을 거치는 동안 나와 동생은 무럭무럭 자랐고, 엄마는 때때로 울었다.

첫 번째 단칸방은 남편 없는 시집살이를 견디다 못한 엄마의 탈출구였다. 외할아버지와 외할머니의 도움으로 겨우 얻은 단칸방에서 엄마는 홀로 나를 키웠다. 내가 자라는 속도와 얼추 비슷한 속도로 곰팡이가 자라던 집이었다. 그래도 엄마는 시집살이에서 벗어난 것만으로도 숨통이 트였다. 모락모락 생의 열기를 풍기며 자라는 나를 보며 가끔 희망을 품기도 했다. 우리의 단칸방에 아빠는 잊을 만하면 한 번씩 찾아왔다.

그러던 어느 날, 엄마의 뱃속에 동생이 둥지를 틀었다.

두 번째 임신이었지만 입덧은 여전했다. 누구 하나 보듬어주지 않았고, 무엇 하나 제대로 먹어내지 못했다. 그러던 어느 날 엄마는 아장아장 걷는 나의 손을 잡고 동네 산책을 나갔다가 구멍가게 앞에 놓인 토마토를 보았다. 오랜만에 식욕이 당겼다. 그 토마토 하나만 먹으면 입덧이 가실 것 같았다. 토마토가 담긴 바구니 앞에는 '천 원'이라는 가격이 쓰여 있었다. 주머니에는 공교롭게도 딱 천원이 남아 있었다. 전 재산이었다. 망설이던 엄마는 이모에게 전화를 걸어 토마토가 먹고 싶다고 했다. 이모는 퇴근하자마자 한달음에 우리의 단칸방으로 달려왔다. 내게 줄 간식과 장난감, 엄마를 위한 토마토까지 양손 가득 들고서. 그날, 엄마는 생에 가장 달콤하고도 슬픈 토마토를 먹었다.

엄마에게 지워진 삶의 무게를 알았던 것일까, 동생은 참 수월하게 태어났다. 엄마는 네 시간 정도의 짧은 진통 끝에 동생을 품에 안았다. 우리는 둘에서 셋이 되어 단칸방으로 돌아왔다. 각종 병치레로 엄마를 걱정하게 했던 나와 달리 동생은 무척 건강했다. 제대로 먹지 못해 양이 부족했던 엄마의 젖만으로도 잘 자라주었다.

동생이 돌쯤 되던 어느 날, 찢어지는 듯한 울음소리가 단칸방 가득 울려 퍼졌다. 늘 방긋거리며 웃기만 하던 동생의 울음소리였다. 바닥에 두었던 커피포트의 끓는 물이 동생의 손등으로 쏟아지고 있었다. 꼬물거리며 기어 다니던 동생이 호기심에 당긴 줄이 하필 커피포트의 전선이었다. 너무 여린 손에 워낙 뜨거운 물이 쏟아진 터라 상처는 크고 깊었다. 치료를 한다고 했지만 수술을 하지 않는 이상 흉터를 남기지 않을 방법은 없었다. 엄마는 한동안 돌잡이 동생을 업고 네 살 난 나의 손을 잡은 채 병원을 오가야 했다. 지금도 동생의 손에는 그날의 흔적이 꽤 크게 남아 있다.

그 일을 겪으며 엄마는 당신에게 생을 맡긴 어린 두 생명의 무게를 느꼈다. 자신의 절망과 관계없이 오직 희망의 빛만을 뿜어내며 쑥쑥 자라는 두 딸을 다시 보았다. 하루종일 조잘대는 수다쟁이 첫딸과 포동포동 살이 올라 보는 것만으로도 웃음이 나는 둘째 딸을. 살아갈 이유가 분명해졌다. 그러기 위해서는 돈이 필요했고 일을 해야 했다. 어린 두 딸을 두고 일을 하려면 도움의 손길이 간절했다.

챙길 것도 별로 없던 살림을 챙겨 두 번째 단칸방으로 이사했다. 외가에서 채 3분도 떨어지지 않은, 골목의 끝 집이었다. 그곳은 첫 번째 단칸방보다 덜 습하고, 덜 어두웠다.

두 번째 단칸방이 있던 골목은 오래된 동네 특유의 분위기가 살아있는 주택가였다. 대문도 따로 없던 단층 주택에 살던 아주머니들은 매일 골목 한가운데 있는 집에 모여 앉아 이야기를 나누셨다. 외할아버지와 외할머니가 평생을 살아오신 동네였기에 아주머니들은 처음부터 우리 세 식구를 살갑게 맞아주셨다.

골목을 빠져나와 외가로 가려면 반드시 아주머니들이 모여 있는 집 앞을 지나쳐야 했다. 그때마다 나는 아주머니들께 또랑또랑한 목소리로 인사를 했다. 그러면 아주머니들은 애정이 듬뿍 묻어나는 목소리로 꼭 한 마디씩 하셨다.

"아이고, 야시 어디 가노?"
"야시야, 밥은 먹었나?"

야시는 '여우'의 경상도 방언이다. '야시'는 내 첫 번째 별명이자 꽤 오랫동안 그 골목에서 나를 부르는 말이 되었다. 그 속에는 어려운 환경에서도 밝게 자라던 나를 향한 아주머니들의 애정이 가득 담겨 있었다. 어쩌면 혼자 두 딸을 키우는 엄마를 향한 각별한 마음이 담겨 있던 건지도 모르겠다.

'집'이라는 호칭도 얻지 못했던 단칸'방'을 두 번이나 거치며 나는 그토록 씩씩하게 자랐다. 엄마의 짜디짠 눈물을 소금 사탕처럼 쪽쪽 빨아먹으며.

- 엄마의 시간에 더하는 나의 이야기

아이의 손끝이 종이에 베이기만 해도 가슴이 미어지는 것이 엄마의 마음이다. 나 역시 엄마가 되기 전에는 그 절절함을 몰랐다. 엄마가 된 이후에야 그날의 엄마가, 그날 이후의 엄마가 얼마나 숱한 밤을 죄책감으로 지새웠을지 알게 되었다. 철이 일찍 든 동생은 한 번도 자신의 손을 보며 엄마를 원망하지 않았다. 그런 동생을 보며 엄마는 더욱 긴 밤을 눈물로 보냈을 것이다. 여전히 죄책감을 느끼고 있을 엄마에게 감히 이 말을 전한다.

"엄마의 잘못이 아니었어요. 무거운 마음, 이제 그만 내려놓아요. 엄마."

언제나 서로에게
고마웠고 미안했던,
우리

엄마는 결혼과 동시에 일을 그만두었다. 당시에는 자연스러운 수순이었다. 그 뒤 몇 년을 그저 나와 동생만 바라보며 살았다. 언젠가 엄마에게 물은 적이 있다.

"엄마, 아빠는 진즉에 떠났고 엄마가 별다른 일을 하지도 않았으면, 그때 우리는 도대체 무슨 돈으로 먹고 살았어?"

"그때는 일할 생각도 못 했지. 너희 둘 키우기도 벅찼고 어디 일할 만한 곳도 없었어. 그저 일주일에 너희 외가 두어 번, 친가 한 번, 그렇게 가서는 차비며, 간식값으로 받아온 1~2만 원으로 살았지. 쌀이나 반찬은 양쪽 집에서 조금씩 얻어먹고."

기가 막혔다. 말이 되나 싶었지만 생각해보니 안 될 것도 없었다. 나와 동생의 옷이나 장난감, 간식 등은 이모가 부족하지 않도록 사다 주었다. 엄마가 감당해야 할 몫은 오직 당신이 먹고 입고 쓰는 것들이었는데, 그건 덜 먹고 안 쓰고 안 사면 그만이었다. 그러나 나와 동생이 자랄수록 엄마에게는 돈이 필요했다.

알음알음으로 겨우 구한 엄마의 첫 일자리는, 도축장 경리였다. 도축장이라니, 하고 많은 일자리 중에서 도축장이라니. 생각해보면 일이 쉽고 근무 환경이 괜찮은 곳에 엄마의 자리가 있을 리 없었다. 몸 쓰는 일이 아닌 것만으로도 다행스러웠다. 하지만 수십 년이 지난 지금도 첫 출근 날을 생생히 기억할 만큼, 그곳은 엄마에게 무척이나 충격적인 곳이었다.

버스에서 내려 언덕배기를 올라가면 이미 저 멀리서부터 피비린내가 진동하던 곳. 바닥에는 핏물이 도랑처럼 흐르고 천장에는 갓 잡아 온 소와 돼지들이 주렁주렁 매달려 있던 곳. 엄마는 그곳의 한쪽 구석에 마련된 책상에서 계산기를 두드리며 나와 동생을 먹이고 입힐 돈을 벌어야 했다. 붉게 흘러내리는 핏물과 갓 잡아 온 고기가 매달려 있는 모습을 보는 것은 견딜 만했다. 다만 피비린내만은 며칠이 지나도 적응이 되지 않았다. 손수건으로 코를 틀어막아도 끈질기게 엄마의 후각을 자극했다.

매일 아침 눈을 뜰 때마다 엄마는 자신과 싸워야 했다. 도저히 못가겠다고 생각했다가도 곁에서 새근거리며 잠든 나와 동생을 보면 몸을 일으킬 수밖에 없었다. 상상만으로도 구역질 나는 그 냄새를 견딜 수 있었던 것은, 오직 '엄마'라는 역할 때문이었다.

엄마가 그 시간을 견디며, 죽음에 값을 매겨 벌어온 돈으로 우리는 생을 이어갔다. 일 년쯤 지났을까. 같이 일하던 분 중 한 분이 정육점을 개업하면서 엄마에게 같이 일해 볼 것을 제안했다. 지긋지긋했던 피비린내와 영원히 작별하던 순간이었다. 엄마는 그 뒤로 정육점 두 곳을 거쳐, 내가 중학교에 진학할 때쯤 백화점 판매 사원으로 취업했다. 그리고는 내가 결혼하고 첫아이를 낳을 때까지 이십 년 가까운 세월을 백화점에서 아동복 파는 일을 했다.

도축장에 비하면 백화점은 천국이라고 생각했다. 하지만 백화점은 또 다른 의미에서 지옥에 가까웠다. 적어도 엄마처럼 가진 것 하나 없이, 그곳에 생계를 걸어야 하는 사람에게는 그랬다. 창문조차 없는 백화점에서 엄마는 밖에 비가 오는지, 눈이 오는지, 바람이 부는지, 해가 지는지도 모른 채 하루에 열 시간 가까이 일했다. 고객들의 쇼핑에 불편함을 준다는 이유로 영업시간 내내 엉덩이 한 번 붙일 수 없었다. 때문에 엄마의 깡마른 종아리에는 늘 탁구공만한 알이 박혀 있었다. 엄마는 잠결에도 다리가 아픈지 끙끙거리며 앓는 소리를 내곤 했다.

"진아, 다리 좀."

어둠 속에서 나를 부르는 목소리가 들리면 잠결에도 엄마의 종아리를 찾아 조물거렸다. 엄마가 앓는 소리를 그치고 먼저 잠들기도 했고, 내가 엄마의 종아리를 손에 쥔 채 먼저 잠들기도 했다.

재고 조사를 하거나, 매장 위치를 이동할 때면 엄마의 퇴근 시간은 한정 없이 늦어졌다. 그럴 때면 일찌감치 엄마에게 갔다. 엄마를 돕겠다고 했지만 어린 내가 할 수 있는 일은 많지 않았다. 엄마가 무거운 옷상자를 척척 들어 옮길 때 눈치껏 반대편에서 힘을 보태거나, 꺼내놓은 옷들을 정리하는 것 정도가 전부였다. 엄마는 그것도 못하게 할 때가 많았다. 손 다친다, 먼지 많다, 옷 버린다 ……

잔소리 아닌 잔소리를 듣다못해 구석진 자리에 앉아 엄마를 바라보고 있으면, 어딘지 모르게 비현실적인 느낌이 들곤 했다. 저 작은 몸 어디에서 저런 힘이 나올까 싶었다. 손은 또 얼마나 빠른지, 엄마의 손이 지나간 자리마다 어수선했던 옷가지는 어느새 가지런히 정리되어 있었다.

어린 시절 내게는 선명한 목표가 하나 있었다.
'좋은 직장에 취업해 엄마를 저 지옥에서 꺼내줘야지. 굵고 튼튼한 동아줄을 내려, 창살 없는 감옥에 갇힌 엄마를 구해내야지.'

인생은 그리 녹록지 않았다. 안정적인 직장에 취업한 뒤에도 목표를 이룰 수 없었다. 타지에서 직장 생활을 하며 남아 있던 학자금 대출을 갚고, 조금이라도 저축을 하고 나면 주머니에 남는 돈은 얼마 되지 않았다. 엄마 몫으로 떼어놓을 수 있는 돈은 언제나 너무 적어 초라할 지경이었다.
마음의 끝자락에도 미치지 못하는 엄마의 몫을 볼 때마다 늘 죄스러운 마음이 들었다. 그런 나에게 엄마는 매번 진심으로 고맙다고 말했다. 나 하나 살아가기도 벅찬 세상에서 엄마가 짐이 될까 항상 염려했다.

우리는 언제나 서로에게 고마웠고 미안했다. 그 애틋함은 뭐라고 설명할 길이 없다. 그저 사랑하고 사랑받던 시간이었다고 말할 밖에는.

– 엄마의 시간에 더하는 나의 이야기

'우리 엄마는 무용가가 되거나 우주 비행사가 될 수도 있었어요. 어쩌면 영화배우나 사장이 될 수도 있었고요. 하지만 우리 엄마가 되었죠.' –『우리 엄마』, 앤서니 브라운

아이에게 동화책을 읽어주다가 멈칫했다. 엄마가 '우리 엄마' 아닌 다른 무엇이 될 수도 있었다고 생각해본 적이 없었다. 엄마는 그냥 '엄마'인 줄만 알았다. 나와 동생을 위해 여러 직장을 오가며 생업에 뛰어든 엄마가 안쓰러웠던 것은, 그일들이 육체적으로 편안하지 않았기 때문이었다. 엄마에게 다른 삶이 있었을지도 모른다는 생각이 든 순간, 안쓰러움은 죄스러움으로 바뀌었다.

엄마에게도 꿈이 있었을 텐데, 꿈꾸던 삶이 있었을 텐데……

아빠가
돌아오게
해주세요

내가 9살, 동생이 6살이 되던 해까지 엄마는 아빠와의 인연을 끊지 않았다. 이미 수년째 연락이 끊어진 아빠였지만, 엄마는 홀로 부부의 끈을 붙잡고 있었다. 직접적인 전화 한 통은커녕 건너오는 소식 한 자락도 없었지만, 이혼만큼은 절대 하지 않겠다고 결심한 엄마였다. 이유는 단 하나, 나와 동생을 결손가정의 아이들로 만들지 않기 위해서였다.

지금은 한부모 가정이라는 표현으로 순화가 되었지만,

당시만 하더라도 이혼가정을 '결손가정'이라고 불렀다. '어느 부분이 없거나 불완전함, 혹은 모자람'이라는 뜻의 '결손'이 '가정'이라는 단어 앞에 붙는 순간, 당사자들이 겪어야 할 세상의 벽은 무한히 높아졌다.

어찌 보면 우리는 이미 결손가정이었다. 서류상에는 아빠가 존재했을지 몰라도, 일상에서는 아빠의 흔적을 찾아볼 수 없었다. 엄마에겐 남편이, 우리에겐 아빠가 없는 삶이 너무 익숙하던 때였다. 그럼에도 엄마는 때가 되면 나와 동생의 손을 잡고 친가를 찾았다. 명절 차례상을 준비했고, 제사 음식을 했다. 친할머니와 친할아버지의 생신을 챙겼고, 일주일에 두어 번 안부 전화도 잊지 않았다. 아빠는 남편, 아빠, 사위로서 어떠한 도리도 하지 않았지만 엄마는 아내, 엄마, 며느리로서 모든 도리를 해내고 있었다.

내가 9살이 되던 설날, 어김없이 엄마는 친가의 마루에 앉아 전을 부치고 있었다. 그때 큰엄마가 엄마에게 해준 말이 아니었다면, 엄마는 그 뒤로도 오랫동안 이혼은 생각조차 하지 않았을 것이다.

"동서, 어머님이 뭐라시는 줄 아나? 동서가 눈치도 없이 애들 데리고 명절마다 오니까, 진아 아빠가 집에 오고 싶어도 못 오는 거 아니겠냐고 하시더라. 동서도 그만 정신 차려라."

그 순간 엄마는 뇌의 회로 어딘가가 뚝, 끊어지는 듯한 느낌을 받았다. 아무런 준비도 되어있지 않은 상태에서 급소를 가격당한 것처럼 온몸이 찌릿할 정도의 아픔을 느꼈다. 엄마는 허둥지둥 차례만 마친 뒤 나와 동생의 손을 잡고 집으로 돌아왔다. 그때만 하더라도 엄마는 알지 못했다. 그 발걸음이 아빠와의 인연을 완전히 끊어내는 길로 이어지리라는 사실을.

그날 이후 큰엄마에게 들었던 말이 수시로 되살아나 엄마를 괴롭혔다. 묵혀두었던 아빠에 대한 원망과 우직하게 감당해온 시간이 분노가 되어 엄마의 일상을 덮쳤다.

얼마간 반쯤 넋이 나간 채로 하루하루를 버텼다. 시간은 흘러 정월대보름이 되었고 그해 보름달은 유난히도 밝았다. 엄마는 나와 동생에게 보름달을 보며 소원을 빌어보라고 했다. 두 눈을 꼭 감은 내 입에서 엄마가 전혀 예상하지 못했던 말이 흘러나왔다.

"아빠가 돌아오게 해주세요."

그 순간, 엄마는 칼로 심장을 도려내는 것 같은 아픔을 느꼈다. (아주 오래된 이야기를 전해주면서도 여전히 눈물을 삼키던 엄마의 목소리를 잊을 수가 없다.) 아빠를 그리워하는 어린 두 딸을 보며 자신이 아무리 애를 써도 해줄 수 없는 일이 있다는 것을 깨달았다. 어떻게든 두 딸에게 결손가정의 굴레를 씌우지 않으려 했던 지난날의 자신이 너무 미련하게 느껴졌다. 견뎌온 시간은 길었지만 무너지는 것은 순간이었다.

엄마는 나의 소원을 듣는 순간, 아이러니하게도 그토록

미뤄오던 이혼을 결심했다. 영원히 이루어지지 않을 딸의 소원에 마침표를 찍어주어야 한다고 생각했다.

이혼이 흔하지 않던 시절이었다. 이혼이라는 두 글자는 엄마의 남은 생에 주홍글씨가 될 터였다. 나와 동생도 부모님의 이혼에서 자유로울 수 없었다. 그래서 외면해온 것이었지만, 모질게 뒤돌아선 엄마의 마음은 되돌아서지 않았다. 일주일에도 두어 번씩 안부 전화를 하던 엄마에게서 연락이 없자 할머니는 엄마의 직장으로 전화를 걸어오셨다.

"아가, 니 무슨 일 있제?"
"어머니, 이제 저 좀 그만 놓아주세요."

엄마는 놓아달라고 말했다. 그 말은 엄마 자신에게 하고 싶던 말이기도 했다. 제발 이 악연의 끈을 끊게 해달라고, 스스로에게 거는 주문과도 같은 것이었다. 그 통화를 마지막으로 엄마는 본격적인 이혼 절차에 돌입했고,

더 이상 친가로 발걸음을 하지 않았다.

이혼의 모든 절차는 외할아버지 주도로 진행되었다. 외할아버지는 엄마의 대리인 역할을 자청하셨다. 세 번의 증인 출두가 있었고 그중 딱 한 번, 엄마는 직접 법정에 섰다. 엄마에게는 아무런 잘못이 없던 이혼이었지만 재판이라는 절차가 주는 중압감은 엄마를 두렵게 했다. 사시나무 떨듯 벌벌 떨며 증인석에 서 있는 엄마를 본 외할아버지는 그 뒤 모든 절차를 혼자 마무리하셨다.

엄마의 지난했던 결혼 생활은 그렇게 9년 만에 마침표를 찍었다.

이제 와서야 엄마에게 말한다. 진작 했어야 할 이혼이었다고, 견디고 살았던 엄마가 너무 바보 같았다고. 그러면 엄마는 답한다. 오직 나와 동생을 위해서였다고, 그렇게라도 모진 세월의 그늘막이 되어주고 싶었다고.

그 날 이후, 엄마는 정말이지 우리의 그늘막이 되기 위해 죽을힘을 다해 살아냈다. 아빠의 부재로 인해 나와 동생이 부족하고 모자란 삶을 살까 봐 더 잘 먹이고 더 잘 입히려 애썼다. 덕분에 우리는 엄마의 그늘 아래에서 세상의 편견에 맞서지 않은 채 자랄 수 있었다.

비어있던 아빠의 자리에 엄마의 세월을 꾹꾹 눌러 담아, 모자랄 것 하나 없이 사랑으로 충만한 생을 살아왔다.

- 엄마의 시간에 더하는 나의 이야기

불과 얼마 전에야 엄마와 아빠의 이혼 과정을 꽤 소상히 알게 되었다. 어떤 마음으로 9년 동안 돌아오지 않는 아빠를 기다렸는지, 결국 이혼을 결심하게 된 계기가 무엇이었는지, 이혼 절차를 밟는 동안 엄마가 어떤 시간을 보냈는지. 결혼 스토리만큼이나 드라마틱했던 이혼 스토리를 들으며, 그 과정을 묵묵히 견뎌온 엄마를 떠올렸다. 그때의 엄마는 지금의 나보다 무려 7살이나 어렸다. 남겨진 두 딸을 지켜야 했던, 서른한 살의 엄마는 꽤 무겁고 무서웠을 것이다. 힘들고 외로웠을 것이다.

이제야 그 마음을 어렴풋하게나마 짐작해 본다.
참, 많이도 늦었다.

엄마 생각

베갯머리에 머리 기댄 채
눈을 가물거리던 딸아이
벌떡,
몸을 일으키더니
제 무릎을 꼭꼭
주무르기 시작했다

"봄아, 다리가 아파? 엄마가 주물러 줄까?"
아이는 대답 대신
내 손을 끌어다 무릎에 얹더니
다시 스르륵
베개 위로 쓰러지듯 누웠다

아이의 다리는 한 손에 포옥 감겼다

몰캉몰캉 말캉말캉
언제 이렇게 살이 붙었누
손바닥 그득히 닿는
보드라운 살결의 감촉,
눈을 감고 곁에 누워
가만히 주무르고 있자니
불현듯
엄마 생각이 났다

평생에 내가 주물러 본 다리래야
내 다리
내 아이 다리
그리고
우리 엄마 다리

엄마 다리 언제 주물러 봤더라

몇 년은 더 되었겠지
뼈에 겨우 가죽만 붙은
내가 주물렀던 게
엄마 다리였던지
나목(裸木) 가지였던지

죄스러운 마음에
애먼 딸아이의 다리만
자꾸 주물렀다
꾹꾹
꾸욱꾸욱
꾸우욱꾸우욱—

2장

───

나의
기억을 남기다

기적

가끔
살아온 순간이 모두 기적 같을 때가 있다
그때의 당신
그때의 나
그때의 우리
혹독한 겨울에 스러지지 않고
세찬 파도에 휩쓸리지 않고
거센 바람에 날려가지 않은
그 모든 순간이 기적처럼 빛나는 때가 있다

그때
우리는 참 많은 것을 갖지 못했다
값이 매겨진 모든 것들은
우리의 것이 아니었다

그러나 그뿐

값으로 매길 수 없는 모든 것들은

우리의 것이었다

그것이 우리를 기적으로 이끌었음을 안다

그리하여 지금도

여전히 우리는

기적을 산다

처음부터
없었던
자리

엄마와 아빠가 이혼했으며, 아빠는 결코 돌아오지 않는다는 사실을 인지한 때는 초등학교 고학년이 되어서였다. 그 전에는 어떻게 알고 있었는지 모르겠다. 가끔 친구들이 "너희 아빠는 뭐해?"라고 물어올 때면 "우리 아빠 미국에 돈 벌러 갔어."라고 말한 기억만 어렴풋이 남아 있다. 누가 그렇게 말하라고 시킨 것인지, 어린 마음에 오지 않는 아빠에 대해 혼자 내린 결론이었는지는 불분명하다. 그저 그렇게 말하는, 작고 어린 내가 기억 저편에 존재하고 있을 뿐이다.

먼저 물어오는 사람은 딱히 많지 않았다. 그것은 나의 차림새에서 무언가 '결핍'된 느낌을 받을 수 없었기 때문일 것이다. 엄마는 나와 동생이 혹시라도 '아빠 없는 아이'처럼 보일까 봐 항상 노심초사했다. 엄마의 그 마음 덕분에 우리는 항상 예쁜 옷을 입었고 유행하는 브랜드의 가방을 멨다. 손톱은 언제나 깨끗하게 정돈되어 있었고 머리는 잔머리 하나 남기지 않을 만큼 깔끔하게 빗어 매일 다른 모양으로 묶고 다녔다. 그때는 그런 일들이 당연한 건 줄 알았다. 매일 다른 옷을 입겠다고, 유행만 바뀌면 신발이든 학용품이든 새것으로 사달라고 조르며 어리광을 부렸다.

중학생이 되고서 '이혼'이라는 단어의 무게를 느꼈다. 애써 외면하던 그 무게가 사춘기와 함께 어깨를 짓누르기 시작했다. 누가 아빠의 존재를 물어오면 뭐라고 답을 해야 하나, 처음으로 고민했다. '결손가정'이라는 단어도 처음으로 이해하게 되었다. 별다르게 부족한 것 없이 잘 살고 있는데 세상은 나를 '부족한 가정'에서 자라는 아이로 규정했다. 그래서 더 말할 용기가 없었다. 아빠가 없다고 말한다는 건 무언가가 결핍되었다는 걸 인정하는 것처럼 느껴졌다.

단언컨대 그때까지 단 한 번도 결핍감을 느끼지 못했었다. 아빠는 없었지만, 그 자리를 대신해주는 사람들이 있었다. 엄마는 말할 것도 없었고, 외가 어른들까지 한마음으로 나와 동생의 든든한 백그라운드가 되어주셨다. 그러나 사람들은 몰랐다. 오직 '아빠'가 있느냐, 없느냐에 따라 정상 가족과 비정상 가족으로 구분했다. 사실 내게 아빠는 처음부터 없던 사람이라 아빠의 자리가 '비었다'는 생각조차 못했다. 그런데도 내가 속한 가정의 정의를 왜 '아빠'라는 존재로 확인받아야 하는지 도무지 이해할 수 없었다.

큰딸이자, 엄마의 상황을 어렴풋하게나마 알고 있던 나는 사춘기라고 해서 특별히 모난 행동을 할 용기 따위 없었다. 그럼에도 세상의 시선에 그토록 마음을 쏟았던 걸

보면 그때가 사춘기이긴 했던가 보다. 복잡하고 불편한 마음을 애써 눌렀던 것은 엄마를 향한 마음 때문이었다. 엄마의 얼굴에 숨길 수 없는 우울이 드리울 때마다, 엄마의 목소리가 긴 침묵 속으로 사라질 때마다 다짐하며 버텼다. 적어도 나만큼은 엄마를 실망시키지 않으리라. 아빠 한 사람 없다는 사실로 세상 앞에 주눅 들지 않으리라.

　드러내놓지 못한 복잡한 마음을 끌어안은 채 고등학생이 되었다. 중학교에서 친하게 지내던 친구들은 모두 다른 고등학교에 진학한 터라 완전히 새로운 환경에 적응해야 했다. 어느 날 새롭게 사귄 친구들과 대화를 하다가 우연히 부모님 이야기가 나왔다. 내 차례가 오면 무슨 말을 어떻게 해야 할지 머리를 굴리고 있던 그때, 한 친구의 태연한 목소리가 귀에 쿡 박혔다.

　"난 엄마랑만 살아. 아빠랑 엄마는 이혼했어. 가끔 아빠랑 통화는 해."

　별로 대수롭지 않은 일이라는 듯 자연스럽게 말하는 친

구의 목소리에 무척 놀랐다. 그 친구는 "오늘 아침밥 먹었어." 정도의 일상적인 말투로 "아빠랑 엄마는 이혼했어."라고 말했다. 망설임조차 없는 목소리에서 부끄러움이나 의심, 두려움 따위가 느껴질 리 없었다. 그 친구 다음으로 질문을 받은 사람이 나였다. 조금 긴장되었지만 어쩐지 내가 짊어지고 있던 무게를 내려놓아도 별문제가 되지 않을 것 같았다. 난생처음으로 누군가에게 고백했다.

"응, 나도 엄마랑 아빠가 이혼하셨어."

태어나 처음으로 '이혼'이라는 단어를 입 밖으로 꺼내며 한 번도 느껴보지 못했던 후련함을 느꼈다. 오랫동안 마음을 짓누르던 그 단어의 무게를 한순간에 털어낸 듯 가벼워졌다. 우리 둘의 고백에 옆 친구는 엄마가 없음을, 맞은 편 친구는 엄마와 아빠가 모두 계시지만 아빠가 엄마를 때려 차라리 없었으면 좋겠다는, 가슴 속에만 묻어두었던 마음을 줄줄이 고백했다. 둥그렇게 둘러앉았던 우리는 한바탕 눈물을 쏟아낸 후 함께 깔깔거리며 신나게 웃었다.

그날 느꼈다.

'많은 이들이 무언가 하나쯤 없이도 잘살고 있구나. 그게 아빠든, 엄마든, 추억이든, 기억이든, 또 다른 무엇이든.'

엄마의 역사에서 이혼이란 일생을 뒤흔들 만한 큰 사건이자 상처였을 것이다. 하지만 나의 역사에서는 그렇지 않았다. 엄마의 부단한 노력과 엄청난 사랑 덕분이었음을 안다. 그럼에도 엄마의 이혼을 인정하고 입 밖으로 꺼내기까지는 적지 않은 시간과 용기가 필요했다. 막상 내뱉고 보니 아무것도 아닌 일이었지만 거기까지 다다르기 위해 나는 꽤 자라야 했다.

가난 앞에
주저했던
순간

　우리 가족은 꽤 오랜 시간 생활보호대상자였다. 지금은 기초생활수급자로 명칭이 달라졌지만 당시에는 생활보호대상자라고 불렸다.

　언제부터였는지는 정확히 기억나지 않는다. 학창 시절을 모두 거치고, 이십 대 후반이 되어 직장 의료보험 대상자가 되기 전까지는 쭉 그렇게 살았다. 엄마의 안정적이지 않던 수입과 어린 두 딸, 그 외의 여러 조건이 충분했다. 어떤 지원을 받는지 구체적인 내용은 알지 못하지만 엄마의 통장으로 매달 생활지원비가 조금씩 입금되

었고 때마다 동사무소에서 쌀을 받아가라는 전화가 걸려
왔다.

어린 나와 동생이 체감한 가난은 별로 없었다. 우리는
외가에 살면서 먹을 걱정, 추위와 더위에 헤맬 걱정을 하
지 않았다. 엄마는 나와 동생이 입고, 쓰고, 경험하는 것
에 아낌이 없었다. 덕분에 우리의 가난이 얼마나 절박한
지 알지 못했다. 더 솔직히 말하자면 가난해도 가난한 줄
모르고 살았다.

우리의 형편을 짐작할 수 있었던 것은 낡고 작은 집이
유일했다. 그렇다고 해서 그 집, 그 공간을 부정하거나
미워했던 적은 없었다. 도리어 그 작은 집에 옹기종기 모
여앉아 서로의 온기를 나누며 사는 것이 행복했다. 부지
런한 외할머니 덕분에 집안 곳곳에는 먼지 한 톨 쌓일 틈
이 없었다. 삼시 세끼 밥상에는 언제나 넉넉한 반찬과 국
이 차려졌고 갓 지은 포슬포슬한 밥도 수북하게 놓였다.
곳간에서 인심 난다고 하지만 내 경험으로는 인심으로

곳간이 채워지는 거였다. 손이 크셨던 할머니는 부족한 곳간을 사랑으로 가득 채워가며 손녀들의 배를 넉넉히 불려주셨다.

나의 상황이 친구들과 다르다는 것을 몸소 느낀 때는 몸이 아플 때였다. 생활보호대상자에게는 일정 부분 병원 진료비가 지원되었다. 지금은 어떤지 모르겠지만 그때에는 어떤 진료를 보더라도 병원비는 천 원, 약값은 오백 원이었다. 천 원과 오백 원이라는 선명한 액수는 꽤 오랜 시간이 지난 지금도 잊히지 않는다.

학교에서 생활하다 갑자기 몸이 아픈 날이면 친구들은 꼭 함께 병원에 가주겠다고 했다. 하지만 병원비 천 원을 들킬까 봐, 나만 다른 그 무엇이 탄로 날까 봐, 친구들의 호의가 반갑지 않았다. 대개는 엄마랑 병원에서 만나기로 했다는 핑계로 혼자 갔다. 병원 앞까지라도 데려다주겠다는 친구들의 마음을 한사코 밀어내며, 아픈 몸을 이끈 채 병원으로 내달렸다.

진료가 끝나면 간호사가 내 이름을 불렀다. 가끔 위아래를 쓱 쳐다보고는 "천 원이요."라고 말하던 간호사도 있었다. 오래전 일이지만 그 눈빛만은 잊을 수 없다. 어떤 간호사는 모니터 화면과 내 얼굴을 몇 번이나 번갈아 보았다. 왜 그랬을까. 지금에 와서야 그들의 마음이 궁금해진다. 그때는 그저 빨리 자리를 뜨고만 싶었지만. 그래서였는지 웬만해서는 가던 병원만 갔고, 처음인 병원 앞에서는 언제나 한 발쯤 망설였다.

무언가를 잘못하거나 부끄러운 일을 한 것도 아닌데 할 수만 있다면 어디론가 숨어버리고 싶던 순간이 있었다. 아마 엄마는 몰랐을 것이다. 내가 가난 앞에서 주저했던 순간을. 엄마는 항상 최선을 다해 살았고 그것을 알던 나로서는 주저함을 표현할 수 없었다. 엄마의 애씀 덕분에 가난 따위는 모르고 살고 있다고, 엄마의 희생 뒤에서 안온하고 평안한 날들을 살아가고 있다고 말해주고 싶었다. 가난이 부끄럽다고 말하는 것은 엄마의 치열한 삶을 외면하는 것 같아 언제나 당당한 모습으로 살아내고 싶었다.

오랜 시간이 흘렀다. 엄마는 여전히 모를 것이다. 내게 그런 시간이 있었다는 사실을. 엄마가 나의 생을 품고 살아오는 동안, 나 역시 나름의 방식으로 엄마의 생을 끌어안고 살아왔다는 것을.

이런 것이야말로,
기적

중학생 때였는지, 고등학생 때였는지 정확히 기억나지 않는다. 단지 그날, 그 장면은 너무도 선명하게 기억난다. 다섯 식구가 살던 집에 나 혼자 있는 경우는 거의 없었는데, 그날은 무슨 일이었는지 혼자 집을 지키고 있었다. 이불 속에 몸을 말아 넣은 채 텔레비전을 보고 있는데 대문 두드리는 소리가 들렸다. 한 번도 들어본 적 없는, 무척 거칠고 사나운 소리였다.

쾅쾅!

그토록 세게 대문을 두드릴 만한 사람은 아무도 없었다. 소리만으로도 몸이 움츠러들었다. 옷매무새를 만지고 현관문을 열었다. 대문 손잡이를 돌리며 모기만 한 목소리로 물었다.

　"누구세요?"

　건장한 두 남자가 서 있었다. 어린 여학생을 보자 도리어 당황했는지 한 남자가 험상궂은 인상을 조금 누그러뜨리며 엄마를 찾았다. 순간 온몸에 팽팽한 긴장감이 느껴졌다. 식은땀이 흘렀다. 그들이 왜 엄마를 찾는지 전혀 짐작할 수 없었다. 집에는 나 혼자뿐이었고 드라마에서 보았던 온갖 무서운 일들이 머리를 두드렸다.

　"지금 집에 안 계세요."

　무슨 이야기를 나누었는지 더는 기억나지 않는다. 다만 두 남자는 내 말을 믿어주었던 것 같다. 그들의 뒷모습이 골목 끝으로 사라지는 것을 보고서야 다리에 힘이 풀렸다. 떨리는 손으로 대문과 현관문을 차례로 잠갔다.

집에 들어서자 참고 있던 눈물이 났다. 심호흡을 하고 엄마에게 전화를 걸었다. 금방 있었던 일을 이야기하고 전화를 끊었다. 어른들이 돌아오실 때까지 작은 집의 구석에 쪼그리고 앉아 한참 울었고 꽤 많이 떨었다. 퇴근 후 엄마는 괜찮을 거라고, 다시는 그런 일 없을 거라는 짧은 말만 남겼다. 엄마의 말을 믿었고 정말로 그런 일은 다시 일어나지 않았다.

시간이 조금 흐른 뒤 엄마에게 어떤 일이 있었는지 알게 되었다. 사람에게 곁을 잘 내어주지 않던 엄마는 백화점에서 만난 동료들과도 넓은 관계를 맺지 않았다. 정말 마음 맞는 몇몇 동료와만 각별한 사이로 지냈다. 그중 한 사람, 엄마가 가장 믿고 의지하던 동료가 있었다. 팍팍한 백화점 생활에 단비 같은 인연이었고, 나와 동생도 '이모'라고 부르며 종종 함께 시간을 보내던 분이었다. 그 이모가 사라졌다고 했다. 엄마 명의의 카드로 현금 서비스까지 받은 채, 아무런 흔적도 남기지 않고. 엄마의 얘기를 들으면서도 전혀 현실감이 느껴지지 않았다.

'그렇게 다정하던 이모가 왜 갑자기? 엄마가 얼마나 힘들게 살고 있는지 제일 잘 알던 이모가 어떻게 그럴 수가 있지?'

어떤 의문도 풀리지 않았다. 어린 나조차 배신감에 치가 떨렸으니 엄마는 얼마나 괴로웠을까. 끝내 이모를 찾지 못했다. 남은 것은 꽤 큰 액수의 카드빚뿐이었다. 엄마는 돈을 잃은 것도 괴로워했지만 믿고 의지했던 사람에게 배신당했다는 생각에 더 몸서리를 쳤다. 나 역시 한동안 그 일이 실감 나지 않아 괴로운 날을 보내야 했다. 그 이모와 함께 밥을 먹고, 웃고 떠들던 장면이 신기루처럼 떠올랐다가 흩어지길 반복했다.

이모가 남긴 빚은 애초의 액수를 뛰어넘어 계속 불어났다. 막을 길이 없었던 엄마는 끝내 신용불량자가 되었다. 그 뒤 십 년 가까운 세월 동안 엄마는 한 번도 만져본 적 없던 큰 액수의 빚을 차근차근 갚아나갔다. 결코 끝날 것 같지 않던 십 년이라는 세월이 끝나던 날, 엄마는 정말 홀가분해 했다. 남겨진 빚이 없다는 것, 더는 사라진 이모를 떠올리게 되는 날이 돌아오지 않는다는 것이 그동안 엄마를 옥죄던 굴레를 벗어던지게 했다. 그날의 기쁨은 내게도 오롯이 전해졌다. 엄마의 어깨가 조금 가벼워졌다는 사실만으로, 내 가슴을 누르고 있던 돌덩이 몇 개가 데구르르 굴러떨어지는 듯했다.

엄마는 세상이 왜 당신에게만 그토록 모진지 원망할 수도 있었다. 하지만 그러지 않았다. 받아들였고 이겨냈다. 외면하지 않았고 감당해냈다. 가끔 엄마가 겪어온 세월이 영화보다 더 영화 같다는 생각이 든다. 일생 동안 누군가에게는 한 번도 일어나지 않을 일을 차례로 겪으며 살아온 엄마. 그런 엄마가 여전히 소녀 같은 미소를 보일 때, 이런 것이야말로 기적이 아닐까 생각한다.

"엄마, 고마워요. 여전히 아름다운 미소로 곁에 머물러주어서."

위로를
그리던
교환일기

1998년, 중학교 2학년이 되던 해였다. 휴대전화가 없던 시절 여학생들 사이에서는 교환 일기 쓰기가 유행이었다. 소곤소곤 우리끼리만 하고 싶던 이야기, 점심시간과 쉬는 시간 내내 조잘조잘 떠들어도 미처 다하지 못했던 이야기를 우리는 일기장 한 권을 나눠 쓰면서 풀어냈다. 가끔 서넛이 모여 쓰기도 했지만 대개는 단짝끼리 쓰는 경우가 많았다. 나 역시 여러 친구와 교환 일기를 썼다. 그러면서 문득 엄마와 교환 일기를 쓰고 싶다는 생각을 했던 모양이다.

사춘기가 한창이었을 그 시기에 나는 왜 엄마에게 교환 일기를 쓰자고 했던 걸까.

엄마는 말수가 많지 않았다. 좋은 일에도, 나쁜 일에도 속을 드러내어 보여주는 법이 없었다. 삶의 무게에 짓눌릴 때마다 엄마는 침묵으로 그 시간을 견뎠다. 그럴 때마다 엄마에게서는 고단한 생의 향기가 풍겼다. 내성적이고 (엄마 말을 빌려오면) 소심했던 엄마와 달리, 외향적이고 활달했던 나는 엄마의 침묵을 가만히 견디기가 어려웠다. 엄마의 고단함을 가늠할 수는 없었지만, 모른 척할 수도 없었다. 아마 그래서였을 것이다. 말이 힘든 엄마에게 함께 일기를 써보자고 제안했던 것은.

얼마 동안 썼었는지는 정확히 기억나지 않는다. 남아 있는 일기장의 시작점이 1998년, 끝점이 2000년이니 대략 3년 정도는 띄엄띄엄이라도 썼던가 보다. 지금 친정집에 남아 있는 세 권의 일기장에는 그 시절, 엄마와 내가 서로에게 전하고 싶었던 이야기가 가득하다. 삐삐를 사고 싶다고 엄마를 조르던 철없는 나, 3박 4일간의 캠프를 떠날 나에게 여러 가지 당부를 하는 엄마, 근래 들어사는 게 참 힘들다는 엄마의 고백, 어디에서 보고 들은이야기로 애써 엄마를 위로하는 나, 공부를 좀 해야 하지않겠냐는 엄마의 애정 어린 잔소리……. 잊고 살았던 수많은 시간이 그 안에서 숨 쉬고 있었다. 한 페이지는 엄마, 다음 페이지는 나, 또 그다음 페이지는 엄마……. 그렇게 이어 썼던 일기를 다시 읽다 보니 페이지마다 눈물자국이 번졌다.

언제나 외로웠던 삼십 대의 엄마가 거기에 그대로 있었다.

1998.8.1.

똑같은 일상에서 탈피해 자연 속에 동화될 네 모습이부럽구나. 많이 보고 많이 느끼고 많은 사람들을 사랑해라. 사랑이 가득한 사람이 되거라. 사랑한다.

2000.11.26.

진아, 엄마의 손은 눈에 보이지 않아도 항상 너희들과 맞

잡고 있단다. 한 번도 그 손을 놓은 기억이 없다. 이제 엄마가 힘들고 지쳐 쓰러질 때 너희가 그 손을 잡아주지 않을래?

일상을 벗어나 여행을 떠나는 딸에게 '부러운' 마음을 느꼈을 엄마, 고작 열일곱 살이었던 딸에게 자신의 손을 잡아 달라고 부탁하던 엄마. 엄마의 쓸쓸함과 외로움이 이제야 보였다. 그때의 나는 엄마의 일기를 읽으면서 무슨 생각을 했을까? 아마 그냥 그런가 보다 했을 것이다. 엄마의 절박한 마음을 이해하기에 그때의 나는 너무 어렸다.

문득 헤아려보니 그때의 엄마가 지금의 나와 꼭 같은 나이다. 엄마와 많은 이야기를 하고 싶어서 교환 일기를 쓰자고 했던 사춘기 소녀는 이제 매일 엄마와 통화하며 일상을 나눌 수 있는 중년이 되었다. 엄마를 꼭 닮은, 두 아이의 엄마가 되었다.

타임머신 같은 것이 있어 과거로 돌아갈 수 있다면 2000년 11월 27일로 돌아가고 싶다. '엄마의 지치고 힘든 손을 잡아 줄 수 있겠냐'라는 엄마의 일기 다음 페이지에 이런 일기를 써서 엄마 가방에 넣어두고 싶다.

'엄마, 엄마가 단 한 번도 제 손을 놓지 않고 함께 걸어와 주셨기에 여기까지 올 수 있었어요. 이제는 제가 엄마 손을 꼭 잡고 걸을게요. 엄마 인생의 마지막 순간까지, 언제나 제가 엄마 곁에 있을게요.'

엄마의 방식에서
어긋나던
나에게

이혼가정의 자녀들이 예의가 없거나 공부를 잘 하지 못하거나, 나쁜 일에 연루되면 곧장 '아빠가 없어서 그렇구나.', '엄마가 없으니 그렇지.'라는 말을 듣게 된다. 티끌만한 실수도 이혼가정의 자녀라는 꼬리표가 붙으면 확대해석 되는 경우가 많다. 부모 중 한 사람의 부재가 자녀들에게 미치는 영향이 적지는 않겠지만, 절대적이지도 않다. 그러나 세상의 편견은 생각보다 힘이 세다.

나와 동생 역시 세상의 편견에서 자유로울 수 없었다.

때문에 엄마는 우리를 무척 엄하게 키웠다. 지금에 와서는 그런 엄마 덕분에 바르게 컸다고 자부할 수 있지만 당시에는 엄마의 방식이 마냥 갑갑하고 두렵게 느껴졌다.

엄마에게는 '적당히', '대충'이라는 단어가 존재하지 않았다. 시작하지 않으면 모를까, 시작했다면 그게 무엇이든 '완벽히' 해내야 했다. 무결점의 상태가 되어 누구도 엄마와 우리를 비난하지 못하도록 해야 했다. 그것은 세상의 편견으로부터 자신과 두 딸을 지키는 엄마만의 방식이었다.

나는 그 방식에서 자주 어긋나는 딸이었다. 호기심은 넘쳤지만 끈기는 부족했고, 덜컥 저지르고는 수습하지 못 하는 일이 허다했다. 그런 내 모습과 아빠의 부재에는 어떠한 상관관계도 없었다. 하지만 세상의 시선이 그렇지 않다는 것을 알고 있던 엄마로서는 마냥 걱정스러웠을 것이다. 허점투성이인 내가, '거봐, 아빠 없는 애들은 저렇다니까!'라는 세상의 비난에 맞서게 될까 봐.

초등학교 고학년 때였다. 친구들 사이에서는 스킬 자수가 유행이었다. 학교 앞 문방구에는 색색의 자수 실과 다양한 종류의 자수 판을 팔았다. 자수 판 하나를 완성해낸 친구는 또래에게 엄청난 부러움을 샀다. 호기심 많던 내가 그냥 지나칠 리 없었다. 무턱대고 엄마를 조르기 시작했다.

"엄마, 나 스킬 자수 하고 싶어. 자수 세트 사주면 안 돼?"

엄마는 쉽게 설득되지 않았다. 돈 문제가 아니었다. 이미 나의 전적이 화려했다. 손바닥만큼 뜨다가 그만둔 뜨개질 세트, 2월까지도 채우지 못한 다이어리 몇 권, 끝까지 풀어내지 못한 문제집, 몇 페이지 칠하다가 던져둔 색칠공부 책까지. 매번 새로운 것에 심취하던 나에게 엄마는 '이번이 마지막이야.'라며 기회를 주었고, 나는 '이번엔 꼭 끝까지 할 거야.'라며 약속했다. 하지만 그 약속은 한 번도 지켜지지 않았다.

포기할 수는 없었다. 학교에 가면 친구들이 너나없이 자리에 앉아 자수를 뜨고 있었다. 마음은 조급해지는데 엄마는 꼼짝하지 않으니 더 애가 탔다. 이번에는 정말 잘 할 자신이 있었다. 몇 날 며칠을 졸랐는지 모른다. 끝내 엄마는 자수 세트를 사주겠다고 했다. 단, 조건이 있었다.

"진아 네가 스스로 완성할 날짜를 정해봐. 친구들이 하는 것을 봤을 테니 얼마나 걸릴지 스스로 생각해봐."

친구 것을 빌려 몇 번 해본 경험상 그리 오래 걸릴 것 같지 않았다. 혹시나 하는 마음에 여유롭게 날짜를 정했다. 엄마와 새끼손가락을 걸고 굳은 약속을 한 뒤 꿈에 그리던 자수 세트를 손에 넣었다. 며칠 동안 학교와 학원 수업 시간을 빼놓고 매일 자수 판과 바늘을 들고 자리에 앉았다. 처음 얼마간은 잠들기 직전까지 자수를 뜨느라 눈이 시리고 손끝이 아릴 정도였다. 그만큼 신이 나서 했다. 엄마와의 약속을 지키는 것은 식은 죽 먹기라고 생각했다. 하지만 시간이 지날수록 진도가 잘 나가지 않았다. 열심히 한다고 해도 하루에 해낼 수 있는 양은 얼마 되지 않았다. 꽤 많이 했다고 생각해서 판을 뒤집어보면 실이 꽂힌 자리보다 비어있는 자리가 훨씬 많았다.

약속한 날짜가 되었다. 완성은커녕 절반도 못해낸 자수 판을 엄마에게 보여야 했다. 엄마는 다시 기회를 주었고 나는 또 한 번 약속했다. 그러기를 세 번, 결국 나는 약속을 지키지 못했다. 사실 '못한 것'이라기보다 '안 한 것'에 가까웠다. 어느 순간 흥미가 시들해졌고 언젠가부터 자수 판과 실, 바늘을 책상 위에 널브러뜨려 놓은 채 손도 대지 않았다. 엄마는 그런 나를 보면서도 마지막 약속 날짜까지 어떤 말도 하지 않았다. 눈치를 살피던 나는 엄마도 잊은 것 같아 내심 안심하고 있었다.

약속 날짜가 되자 엄마는 기다렸다는 듯 자수 판을 들고 오라고 했다. 덜컥 겁이 났지만 돌이킬 수 없었다. 엄마는 내게 변명할 기회를 주었지만 변명할 말이 없었다. 엄마는 회초리를 들었다. 엄마에게 혼이 난 기억은 꽤 있지만 회초리로 맞은 기억은 거의 없다. 그러나 그날, 그 방의 공기와 밝기, 회초리의 감촉과 엄마의 굳은 표정은 어제 일처럼 선명하다. 그날 밤, 나는 붉게 익은 종아리를 보며 엄마를 원망했다. 그냥 넘어가 줄 수도 있는 일을, 결코 그렇게 하지 않는 엄마가 미웠다.

돌이켜보면 그날 울었던 것은 나뿐만이 아니었을 것이다. 엄마는 아마 더 많이 울지 않았을까. 그토록 모질게 할 수밖에 없는, 남들보다 몇 배는 더 엄하게 키울 수밖에 없는 상황이 원망스러웠을지도 모른다. 그렇게 엄마는 더 붉고 선명한 피멍을 가슴 깊숙이 아로새겼을지도······.

종아리에 남은 멍은 얼마 지나지 않아 흔적도 없이 사라졌다.
엄마 마음에 새겨졌을 피멍은 언제쯤 희미해졌을까?

처음으로
세상이 원망스럽던,
그 날

　내 나이 스물셋, 엄마는 여전히 창문 없는 백화점에서 일하고 있었다. 그런 엄마를 볼 때면 돈벌이가 간절했다. 뭐라도 해서 집안 살림에 보탬이 되어야 했다. 대학 입학 후 과외와 공부방, 학원 아르바이트를 하며 내 앞가림은 하면서 살았다. 휴대전화 요금을 비롯해 동아리 회비, 차비, 용돈까지 가능한 스스로 해결했고, 학비는 장학금으로 충당했다. 그래서 잠깐 잊고 살았다. 나의 처지를.

　머릿속이 복잡했다. 현실과 꿈이 끝없이 부딪혔다. 전

공 공부를 이어나가고 싶다는 꿈은 선명한 미래를 보장하지 못했다. 눈앞의 현실을 생각하면 어떻게든 빨리 취업하는 게 옳았다. 살면서 처음으로 '포기'해야 하는 순간이 왔다는 것을 직감했다. 공무원 시험을 준비할까, 토익 준비를 해야 할까, 온갖 고민이 밤을 덮쳤고 잠을 깨웠다. 그때 교수님 한 분이 교육대학원을 권하셨다. 전공과 무관하지 않은 진로에 마음이 움직였지만 선뜻 선택할 수 없었다. 교육대학원에 다니는 시간도 부담이었지만, 학위를 받는다고 해서 곧장 교사가 되는 것도 아니었다. 기약 없는 일에 무작정 도전하기에는 현실의 벽이 너무 높았다. 답 없는 고민을 꽤 오래 이어가던 어느 날, 더는 선택을 미룰 수 없어 엄마에게 그동안의 고민을 털어놓았다.

"진아, 엄마는 앞으로도 네 도움을 받으며 살 생각 없고, 아직 충분히 더 일할 수 있다. 너는, 너 하고 싶은 일하며 살아. 엄마가 해준 것도 없는데 엄마 때문에 고민하지 말고."

엄마는 해준 것이 없다고 했다. 당신의 생을 모두 내어 놓고도. 엄마를 미안하게 만들지 않으려면 내 삶을 포기하지 않고 잘 꾸려나가야 한다는 생각이 들었다. 그 순간 오랜 고민에 마침표가 찍혔다.

교육대학원에 가니 돈 들어갈 일이 더 많았다. 학비와 용돈만 생각했던 것은 오산이었다. 각종 학술회의 참가 회비가 있었고, 논문을 준비하는 데도 적잖은 비용이 들었다. 학비는 연구 보조, 행정 보조로 일하며 일정 부분 장학금을 받았고 부족한 부분은 학자금 대출을 받았다. 일주일에 서너 번은 과외와 학원 아르바이트를 했다. 공부할 시간을 마련하기 위해 잠을 줄였고 만나야 하는 사람만 만났다. 나보다 더한 시간을 버텨온 엄마를 떠올리며 치열한 삶을 견뎠다. 어느 날 엄마에게서 걸려온 한 통의 전화를 받기까지는.

그때까지는 하늘이 우리 모녀에게서 완전히 등을 돌린 것은 아니라고 생각했다. 죽을힘을 다해 살아내는 엄마와 그런 엄마에게 부끄럽지 않도록 애써온 나에게 하늘이 결코 등을 보여서는 안 된다는, 근거 없는 믿음이 있었다.

"진아, 엄마 오늘 좀 늦을 것 같아."

"무슨 일이에요?"

"고객 집에 좀 들렀다 가야 해. 집에 가서 이야기해줄게."

엄마의 떨리는 목소리, 약간의 울먹임, 모든 것이 불안했다. 판매 점원이 고객의 집에 갈 일이 뭐가 있는지, 짐작할 수 없었다. 그날은 공부도, 일도, 무엇도 손에 잡히지 않았다.

"오늘 고객 한 사람이 컴플레인을 걸었어. 그 사람 집에 우리 매장 아르바이트랑 나랑 둘이 가서 빌었다. 잘못했다고."

"엄마가 무슨 잘못을 했는데요? 뭔데, 그 컴플레인 내용이!"

"뭐 구구절절하게 얘기할 것도 없고, 그냥 응대 태도가 마음에 안 들었단다. 무릎 꿇고 빌라고 하길래 그렇게 했다. 서른도 안 되어 보이더라……. 그 여자."

손이 부들부들 떨렸다. 깊숙한 곳에서부터 울분이 치밀어 올랐다. 설령 엄마의 잘못이 있다 해도 말이 안 되는 처사였다. 평소 엄마는 남에게 흠 잡힐 만한 일은 결코 하지 않았다. 십 년 넘게 백화점 근무를 하면서 단 하루도 지각한 적이 없었고 매장을 비우는 게 마음에 걸려 식사도 대충 하는 사람이었다. 그런 엄마가 근무 중에, 그것도 손님에게 얼마나 잘못된 응대를 했길래 무릎을 꿇고 빌어야 했다는 건지. 도무지 납득 되지 않았다. 앞뒤 없이 화가 났고 처음으로 세상이 원망스러웠다.

하루, 이틀 ……. 시간이 흐를수록 세상을 향했던 원망은 나에게로 방향을 틀었다. 공부한답시고 이십 대 중반이 지나도록 자리 잡지 못한 모습이 부끄러웠다. 평생을 희생한 엄마를 또다시 삶의 굴레 속에 가둔 내가 미워 견딜 수 없었다. 원망과 분노는 쉽게 거둬지지 않았다. 며칠을 엄마 몰래 울었다. 잠들지 못했고 선잠이 들면 악몽을 꿨다.

엄마는 그 일을 겪고도 어김없이 같은 시간에 출근하고 퇴근했다. 그때 알게 되었다. 내가 할 수 있는 일이 별로 없다는 사실을. 엄마에게 일을 그만두라고 말할 수도 없었다. 당장 가진 것도 없었지만 언제쯤 무엇을 가지게 될지도 알 수 없었다. 당장에 할 수 있는 유일한 일은 오늘을 더 열심히 살아내는 것뿐이었다. 약속된 아르바이트에 충실했고, 이미 부족하던 잠을 더 줄여가며 도서관 열람실을 지켰다. 그렇게 엄마와 나는 각자의 일상으로 돌아갔다.

잊고 싶던 그 날을 애써 기억하겠다고 마음먹은 이유는 분명했다.

자랑스러운 딸이 되어, 치욕으로 얼룩진 엄마의 삶을 깨끗하게 씻겨주겠다는 다짐, 그 다짐을 잊지 않기 위해서였다.

아빠가 고맙다는
엄마의
기막힌 고백

아빠는 내가 엄마 뱃속에서 꼬물거리던 때에 이미 엄마 곁을 떠났다. 엄마 말에 따르면 내가 태어난 후, 가끔 들러 재롱을 부리는 나를 안아주기도 했다는데, 기억에 없는 일이다. 그래도 무의식에 아빠의 흔적이 남아 있는지, 몇 장 되지 않는 아빠의 사진을 보면 영 낯설지는 않다. 동생은 아빠를 정말 사진으로만 만났다. 그런 이유로 엄마는 내가 동생보다는 낫다고 한다. 뭐가 '낫다'는 말인지 전혀 와닿지 않지만.

아빠를 원망하려 했다면 수없이 할 수 있었다. 아빠가 없다는 사실만으로 내 삶에는 언제나 편견의 그늘이 드리웠으니까. 실제로 결핍을 느끼는가, 그렇지 않은가는 부차적인 문제였다. 부모님이 이혼하셨고 엄마와만 살고 있다고 말하는 순간, 상대의 눈빛은 대체로 흔들렸다. 상처를 헤집었다 생각했는지 대뜸 미안하다 사과하는 이도 있었고, 갑자기 측은한 눈빛을 보내는 이도 있었다. 아빠 없이도 잘 컸다며 칭찬하는 이도 있었고, 답할 말을 찾지 못했는지 괜히 허둥대던 이도 있었다. 모든 것을 자연스럽게 받아들이기까지는 꽤 오랜 시간이 걸렸다. 다행히도 그 긴 시간 동안 아빠를 원망하거나 아빠의 부재를 핑계로 방황하지 않았다. 나에게는 그럴 명분이 없었다.

자라는 동안 단 한 번도 엄마에게서 아빠를 원망하는 말을 듣지 못했다. 내가 가정을 꾸리고 엄마가 되어 보니 그게 얼마나 엄청난 일인지 알 수 있었다. 남편의 행동이 마음에 들지 않을 때면 나도 모르게 아이들 앞에서 남편을 원망하곤 했다. 그런데 엄마는 그 모진 세월을 모두 겪으면서, 어떻게 단 한 번도 원망의 말을 하지 않았던 건지.

사실 아빠가 남긴 상처의 직접적인 피해자는 엄마였다. 나와 동생은 아빠의 얼굴도 모른 채 자랐기에 상처라는 것이 생길 틈조차 없었다. 사랑받은 기억도, 사랑한 기억도 존재하지 않았다. 아빠가 남긴 상처는 우리와 무관했다. 사랑하던 사람을 잃은 것도, 함께 걷기로 했던 길에 홀로 남겨진 것도, 막막한 세월 앞에 혼자 내던져진 것도, 모두 엄마였다. 그럼에도 불구하고 엄마는 우리의 마음 밭에 미움의 씨앗을 뿌리지 않았다. 씨앗이 없으니 거두어드릴 열매도 없었다. 덕분에 나와 동생은 증오와 원망이 싹틀 자리에 사랑과 감사를 키우며 살아왔다.

꽤 많이 자란 후에 엄마와 술잔을 기울이다 물어본 적이 있다.

"엄마는 아빠 원망 안 해?"

"원망했던 때도 있었지. 그런데 지금은 아니야. 나는

너희 아빠한테 고마워. 너희 둘 데려가지 않은 것만으로
도."

"무슨 소리야. 엄마. 고맙다니? 그게 말이 돼?"

"아빠가 너희 둘을 데려가려고 했다면 그럴 수도 있었
어. 나는 가진 게 아무것도 없었고, 친권은 아빠한테 있
었으니. 그런데 엄마가 키울 수 있도록 해줬잖니. 그것만
으로도 고마워. 그리고 아빠가 없었으면 너희를 만나지
도 못했을 거 아니니?"

어떤 말로도 엄마의 지난 시간을 어루만질 수 없었다.
엄마는 그 고단한 세월을 살아내는 동안에도 혹시나 우
리를 뺏길까 봐 두려워했다. 나와 동생이 엄마의 삶을 짓
누르는 짐 같다고 느낄 수도 있었는데 말이다.

고작 스물일곱에 혼자가 된 엄마에게 두 딸의 무게가
가벼웠을 리 없다. 수많은 유혹이 있었을 것이고 마음
만 먹었다면 엄마는 더 가볍고 홀가분한 삶을 선택할 수
도 있었다. 하지만 엄마는 그러지 않았다. 우리를 지켜내

는 것만이 남은 생의 소명인 듯, 철저히 자신을 내려놓고 '엄마'로 살았다. 그 삶에 감사하고 오래도록 지켜나갈 수 있기를 바랐다. 살아내기 위해 애쓰다 보니 그렇게 된 것인지, 처음부터 그랬던 것인지는 중요하지 않다. 그런 사랑 속에서 자랄 수 있었던 것에 그저 감사할 따름이다.

"엄마, 우리 안 버려 줘서 고마워."

언젠가부터 뉴스에서 아이를 버리거나 학대하는 엄마, 아빠의 기사가 다루어지면 나와 동생은 웃지 못할 농담을 했다. 그럴 때마다 엄마는 말 같지도 않은 소리를 한다는 눈빛으로 대꾸도 하지 않았다. 장난기 가득한 목소리로 키득거리며, 그러나 속으로는 진심을 가득 담아 엄마에게 엄지를 세워 보였다. 어쩌면 아빠에게 버려졌단 사실로 얼룩진 삶을 살았을지도 모르는 우리가, 이토록 밝고 건강하게 자랐다. 버려진 기억은 티끌보다 작았고 거두어진 기억은 태산보다 컸다.

생각해보면 아빠에게 고마워해야 할 사람은 엄마가 아니라 나와 동생이다. 우리를 엄마 곁에 고스란히 남겨주어서. 우리의 일상을 무너뜨리지 않아 주어서. 엄마와 우리가 사랑하고 사랑받으며 살아갈 수 있도록, 단 한 번도 우리 앞에 나타나지 않아 주어서.

고맙다. 진심으로.

진아,
더 낮은 곳을 보고
살아

지하철에서 껌을 파는 아주머니를 만났을 때였다. 일부러 꾸며도 그렇게 초라하기는 어려울 듯했다. 날은 추운데 아주머니의 옷은 얇디얇았다. 핏기없는 얼굴에 표정이 있을 리 만무했다. 아주머니는 지하철이 출발함과 동시에 이쪽 문에서 저쪽 문까지 걸으며 앉아 있는 사람에게 껌을 권했다. 껌을 쥔 손을 바라보는 사람은 많지 않았다. 행여 눈이라도 마주칠까, 두꺼운 외투 사이로 고개를 묻는 사람들이 대부분이었다.

엄마는 그 지하철에서 유일하게 껌을 사는 사람이었다. 아니, 껌을 산다기보다 껌값을 지불하는 사람이었다고 표현해야 할 것 같다. 대체로 껌은 받지 않았기 때문이다. 어떤 날에는 껌 대신 편지 봉투였고, 볼펜인 날도 있었다. '이건 대체 어디 쓰는 거지?' 싶은 물건도 더러 있었다. 껌이든, 봉투든, 펜이든, 천 원을 넘기는 법은 없었다. 엄마는 천 원짜리 한 장을 꺼내며 '보시'를 하는 거라고 했다. 선뜻 내어놓을 것이 천 원뿐이라는 사실에 도리어 안타까워했다. 그리고 덧붙였다. 언제나 더 어려운 사람, 더 낮은 곳에 있는 사람을 보면서 살아가라고. 누리는 것과 가진 것이 많지 않더라도 더 힘들고 어렵게 사는 사람이 많다는 사실을 잊지 말라고 당부했다.

"진아, 더 낮은 곳을 보며 살아. 늘 감사하면서."

엄마의 '보시'는 일상 속에서도 계속되었다. 시장을 둘러보다가도 허리 굽은 할머니들이 파는 채소를 그냥 지나치지 못했다. 길가에 엎드려 구걸하던 아저씨의 손에 동전 몇 개라도 놓아주었다. 크리스마스 시즌, 지하상가에서 구세군 냄비의 모금 활동이 시작되면 나와 동생에게 천 원짜리를 한 장씩 쥐어주며 넣고 오라고 했다. 학교에서 불우이웃돕기 성금 모금을 하면 동전 대신 꼭 지폐 몇 장을 가방 속에 넣어 주었다.

어려운 사람에게 천 원 한 장 내어주는 것이 그리 어려운 일은 아니었다. 하지만 누구나 그러지는 않았다. 엄마의 주머니 사정을 뻔히 알던 나로서는 문득문득 엄마가 남을 도울 만한 형편인지 의문스러웠다. 그러는 중에도 엄마의 말과 행동은 선한 씨앗이 되어 나에게 뿌려지고 있었다.

대학원에 다니며, 아르바이트로 생활비와 학비를 마련하던 때였다. '커피 몇 잔 값이면 한 아이의 생명을 구할 수 있습니다'라는 광고 문구에 마음이 움직였다. 생활을 유지하기도 어려운 때였지만, 커피 몇 잔쯤은 별생각 없이 마시던 때이기도 했다. 호기롭게 정기후원을 신청했다. 엄마의 마음을 닮고자 한 것도 있었지만, 더 솔직히 고백하면 작은 선행이 훗날 큰 행운으로 돌아왔으면 하는 이기심도 있었다.

첫 아이는 방글라데시에 사는 소년이었다. 편지를 쓰거나 개인 선물을 보내는 등의 정성은 쏟지 못했다. 그래도 한 달에 2만 원, 후원비는 절대로 연체되지 않도록 늘 잔고에 신경을 썼다. (신경 쓰지 않으면 아르바이트비가 입금되는 날쯤엔 단돈 2만 원도 남지 않던 시절이었다.) 첫 아이를 성인으로 키워 세상에 내어 보내고, 두 명의 소년을 더 만났다. 그 사이 후원비는 만 원이 늘어 3만 원이 되었고, 다행히 잔고를 신경 쓰지 않더라도 연체를 걱정하지 않아도 될 만큼 생활은 나아졌다. 계산 없이 잊고 살았는데, 얼마 전 후원 단체에서 후원한 지 10년이 넘었다며 감사 편지가 왔다.

첫 후원을 결심하고 엄마에게 이야기했던 날, 엄마는 마치 내가 큰 시험에 합격한 것처럼 좋아했다. 늘 도움을 받고 살던 내가 누군가를 도울 수 있을 만큼 자랐다는 사실에 흐뭇해했다. 전화기 너머로 엄마의 기쁨이 전해졌을 때, 모두 엄마 덕분이라고 말했다. 엄마의 보시를 고스란히 보고 자란 덕분이라고.

마음을 내어놓는 일에 주저하지 않았던 엄마 덕분에 가진 것에 감사하고 내어놓는 일에 망설이지 않는 어른이 되었다.

높은 곳에 매달리지 않고 낮은 곳을 살필 줄 아는,

썩 괜찮은 어른이 되었다.

엄마 이름 세 글자,
내가 꼭
기억할게

엄마는 내가 결혼할 때까지도 백화점 일을 그만두지 못했다. 직장 생활 5년 만에 결혼한 나는 모아놓은 돈을 모두 결혼 밑천으로 쏟아야 했다. 엄마 역시 그동안 조금씩 모아온 돈을 모두 나의 결혼 자금으로 내어놓았다. 취업만 하면 엄마를 편히 모시겠다던 나의 소망은, 엄마가 힘들게 모아온 돈마저 받아드는 무례함으로 끝나고 말았다.

엄마가 일을 그만둔 것은 내가 첫아이를 출산하면서였다. 갓난아이를 혼자 키울 내가 안쓰러웠기 때문이었다.

엄마는 두 달 가까이 우리 집에 머무르며 첫아이가 오십 일을 넘길 때까지 함께 지내주었다. 그 시간 동안 엄마는 아이만 키워준 게 아니었다. 처음 엄마가 되어 모든 것이 낯설고 두려웠던 나를 조금 더 나은 '엄마'가 될 수 있도록 도와주었다.

엄마는 매일 새 미역국을 끓였다. 산모는 잘 자야 한다며 두 시간에 한 번씩 깨던 신생아를 데리고 잠자리에 들었다. 산후 우울로 별 것 아닌 일에 감정의 날이 서는 날에는 산책이라도 다녀오라며 현관 밖으로 나를 내몰았다. 몸의 모든 관절이 약해진 나를 위해 내내 아이를 안고 업어주었다. 그것뿐일까. 함께 사는 오십 일의 시간 동안 일일이 나열하기 어려울 만큼 엄마는 나와 내 아이를 위해 헌신했다.

엄마가 친정으로 돌아간 이후 자주 두려웠고 종종 울었다. 그런 내 마음을 눈치챘는지 엄마는 손자가 눈에 밟힌다며 일주일에 한 번씩 들러 1박 2일을 머물고 돌아갔다.

그때를 제외하고는 원래 근무하던 백화점 매장에서 다시 아르바이트를 했다. 첫 손주에게 옷이며 장난감, 신발을 부족함 없이 사주고 싶은 할머니의 마음이었다. 덕분에 첫아이는 외할머니의 사랑을 넘치게 받으며 무엇 하나 부족함 없이 자랐다. 꼭 지난날의 나처럼. 일을 그만두었지만, 전보다 더 바쁜 일상을 살게 된 엄마는 그래도 지금이 제일 행복하다며 나를 안심시켰다. 엄마의 덕을 입으며 살던 나는 그 말을 믿었다. 아니, 믿고 싶었다.

첫아이가 18개월쯤 되었을 때, 뜻밖의 기회가 왔다. 복직은 생각도 하지 않던 때였는데 뜻이 잘 맞는 교육기관에서 6개월 동안 파견교사로 근무해보지 않겠냐는 제안을 받았다. 수락하자니 아이를 어린이집에 보내야 하는 게 마음에 걸렸고, 거절하자니 좋은 기회가 못내 아쉬웠다. 몇 날 며칠의 고민을 해결해준 사람은 이번에도, 엄마였다.

"고민을 왜 해? 네가 하고 싶은 일이면 해야지. 사랑이는 엄마가 봐줄게."

평생을 엄마의 희생 위에 쌓아 올린 인생이었다. 언제나 그랬듯 엄마의 시간과 내 꿈을 맞바꾸면 되었다. 그런데 이상하게도 이전과는 마음이 달랐다. 엄마가 되어서였을까. 엄마의 말이 무엇보다 큰 힘이 되면서도 전에 없이 슬프게 느껴졌다. 그럼에도 나는 또 이기적인 선택을 했다.

5개월을 엄마와 함께 살며 엄마가 해준 밥을 먹고 엄마가 빨아 개어둔 옷을 입었다. 엄마가 돌봐준 아이의 재롱을 보았고 엄마가 쓸고 닦아준 방에서 잠이 들었다. 당연한 것이 아니라는 것을 알면서도 당연한 듯 자연스럽게 살았다.

그해 겨울, 평생 엄마와 동생, 나까지 세 식구를 거두어주셨던 외할아버지가 쓰러지셨다. 나와 동생이 타지로 독립한 후에도 엄마는 외할아버지, 외할머니와 함께 생활하고 있었다. 젊은 시절 엄마의 보호자이셨던 외할아버지와 외할머니는 어느 순간 엄마가 보호해야 할 만큼 노쇠해지셨다. 엄마는 그런 부모님을 집에 두고, 손자를 봐주러 우리 집에 오는 것을 못내 죄스러워했다. 그 죄책감에서 나 역시 자유롭지 못했지만 마땅한 방법이 없었기에 애써 모른 척하고 있었다.

엄마는 곧장 친정으로 내려갔고 얼마 지나지 않아 외할아버지는 영원히 돌아오지 못할 곳으로 떠나셨다. 그리고 엄마는 다시 우리 집에 돌아오지 못했다. 할아버지 장례 이후 혼자 남은 할머니를 두고 차마 발걸음이 떨어지지 않았던 것이다. 엄마는 그날부터 '나의 엄마'에서 '할머니의 딸'로 되돌아갔다.

한 번도 자신의 이름으로 삶을 살아본 적이 없는 엄마가 요즘 들어 자꾸 눈에 밟힌다. 내 삶을 잘 살아갈수록 엄마의 삶이 더욱 애처롭게 느껴진다. 아주 잠깐 자기 자신으로 살다가 이내 누군가의 아내가 되었고, 금세 두 딸의 '엄마'가 되었던 엄마. 그러다 내 아이의 할머니가 되었고, 이제는 부모님을 책임져야 할 딸로 돌아간 엄마. 그런 엄마의 삶이.

얼마 전 뜬금없이 첫째 아이가 할머니 이름을 물어왔다. 첫째의 물음에 답하며 무척 오랜만에 엄마의 이름을 입에 담아보았다. 아이는 몇 번이나 되묻더니, 어설픈 발음으로 할머니의 이름을 곱씹었다. 아이의 머리칼을 넘겨주며 말했다.

"할머니 이름, 꼭 기억해. 알았지? 우리가 꼭 기억해드리자."

세 글자의 이름 대신에 딸, 아내, 엄마, 할머니로만 살아온 엄마.

남은 생은 엄마 이름에 담긴 의미처럼 보석처럼 빛나고 귀한, 당신의 삶을 사시기를.

등

저 앞선 자리에
내 아들 업고 가는 울 엄마 등이 있다
가볍지 않은 무게, 가뿐히 짊어진
작고 가녀린 등
종종걸음으로 쫓아봐도
늘 앞서 걷는
저 등

수십 년 전
내가 업혔던 등에
수십 년 후
내 아들이 업혀 있다
참으로 따숩고 너르던 저 등
이제는 마르고 여위었다

멀어지는 등을 바라보다 알았다

저 등에 업힌 것은 내 아들이 아니구나

내 삶의 무게구나

그랬다

엄마의 등은

여전히 나를 업고 걷는 중이었다

아직도 그대로

참 따숩고 너른 등이었다

3장
—

우리의
기억을 추억하다

엄마는 나에게

찌는 햇살 아래
한 아름의 그늘
폭우를 받치는
대 굵은 우산
시린 바람에 몸 감싸는
도톰한 겨울 외투
서늘한 공기를 데우는
한 줄기 햇살
가파른 절벽에 드리운
굵다란 동아줄
망망대해에서도 살아남게 할
꼭 맞는 구명조끼
달리다 멈춘 순간 주저앉아 울
볕 드는 땅

나조차 나를 포기하려 할 때

나를 잡아끈 유일한 손

엄마의 마음이
켜지는
순간

초등학교 6년, 중학교 3년, 고등학교 3년, 12년의 학창시절 동안 열두 분의 담임 선생님을 만났다. 한 분도 빠짐없이 내게 호의적이셨고 때론 지나칠 정도로 나를 보듬어주셨다. 어쩌면 결손가정의 아이이자 생활보호대상자였던 나에게 관심 두지 않을 수 있었다. 색안경을 끼고 볼 수도 있었다. 부당한 일이었지만 자연스럽게 행해지던 일이기도 했다. 학창 시절 내내 어려울 것 없이 여러 기회를 누렸고 많은 이들에게 인정받으며 자존감을 키웠다. 거기에도 엄마의 숨은 노력이 있었다는 사실은 전혀 알지 못했다. 성인이 되고도 한참 지났을 때에야, 엄마는 그 시절의 이야기를 들려주었다.

3월, 새 학기가 되면 엄마는 누구보다 먼저 학교에 찾아갔다고 했다. 새로운 담임 선생님을 만나기 위해서였다. 엄마는 선생님과의 첫 만남에서 우리 가족사를 고백하듯 털어놓았다. 부족한 나를 잘 보살펴 달라는 간곡한 부탁도 잊지 않았다.

교사가 된 이후에 생각해본 적이 있다. 담임인 반에 그런 학부모가 있다면 나는 어떤 생각을 할까. 가뜩이나 정신없는 3월, 생각지도 못했던 아이의 가정사를 고스란히 듣게 된다면 솔직히 당황스러운 마음이 먼저 들 것 같았다. 하지만 이내 그 세월을 견디며 살아온 아이 엄마와 그늘 없이 밝게 자란 아이에게 남다른 애정이 생길 것도 같았다.

다행히도 나의 담임 선생님들은 모두 그런 마음으로 나를 품어주셨던 모양이다. 신학기가 되면 학급 간부 선거에 빠짐없이 나갈 정도로 당차고 적극적이던 나에게 선생님들은 많은 기회를 주셨다. 초등학생 때는 내가 관심 보이던 각종 대회에 데리고 다니신 선생님도 계셨고, 고등학생 때는 따로 불러 교사용으로 제공된 문제집을 한 아름 싸주신 선생님도 계셨다.

고3 때도 마찬가지였다. 엄마는 언제나 그랬듯 3월이 지나기 전에 담임 선생님을 만나 우리 가정사를 털어놓았다. 선생님은 내게 특별한 관심을 표현하지는 않으셨지만 가끔 교무실 앞을 지나는 나를 불러 공부가 잘 되는지, 엄마는 건강하신지 묻곤 하셨다.

고3, 7월의 어느 날. 친하게 지내던 친구들과 문제가 생겼다. 내가 하지 않은 말이 내가 내뱉은 말로 포장되어 친구들에게 전해졌다. 누가 그런 말을 만들어 내 이름을 갖다 붙였는지는 알 수 없었다. 확실한 것은 그 말을 전해 들은 친구들이 나를 미워하게 되었다는 사실뿐이었다. 마른하늘에 날벼락 같은 일이었다. 어제까지 함께 웃으며 수다를 떨던 친구들이 한순간에 등을 돌렸다는 사실을 받아들일 수 없었다.

　하필이면 공부에만 매달리기에도 시간이 부족한 고3이
었다. 하지만 당시 내 삶에서 친구들이 차지하는 비중은
공부보다 훨씬 더 컸다. 무서웠고 불안했다. 도무지 학교
에 갈 엄두가 나지 않았다. 등굣길을 방황하다 결국 등교
를 하지 않았다. 담임 선생님은 곧장 엄마에게 연락하셨
고, 엄마와 연락이 닿은 나는 백화점으로 불려갔다. 선생
님이 백화점 근처로 오기로 하셨다고 했다. 엄마는 나의
손을 이끌고 선생님과 약속한 어떤 카페로 들어가셨다.
눈물과 콧물로 얼룩진 얼굴을 하고 엄마 옆에 앉았다. 선
생님은 어느 정도 상황을 알고 오셨고 내게도 이야기할
기회를 주셨다. 있는 대로 이야기를 했고, 담임 선생님은
단호한 목소리로 말씀하셨다.

　"어머님, 제가 진아 아무 문제 없이 학교 생활하도록
살피겠습니다. 걱정 마시고 학교 보내세요."
　"진아야, 딴소리 말고 내일부터 학교 나오너라. 선생님

이 알아서 할 테니까."

 죽기보다 싫었던 등굣길을 다시 걸었다. 선생님 앞에서 연신 고개를 조아리며 눈물을 떨구던 엄마를 또다시 걱정시킬 수 없었다. 엄마의 직장까지 찾아오셔서 엄마를 안심시키고 나를 설득해주신 선생님도 외면할 수 없었다. 돌아간 교실은 어딘지 모르게 분위기가 달라져 있었다. 뒤에서 수군대던 목소리는 들리지 않았고 친구들은 애써 나를 외면하는 듯했다. 그날부터였다. 졸업 때까지 그들과 나는 서로를 투명인간 보듯 생활했다.

 무사히 수능을 치르고 졸업하는 날까지 엄마는 그날 일을 한 번도 입에 올리지 않았다. 학교생활은 어떤지, 다른 친구들은 사귀었는지조차 묻지 않았다. 그저 매일 아침 담담히 도시락을 쌌다. 가끔, 짧은 쪽지 편지를 써서 도시락 가방에 넣어 주기도 했다. 그런 엄마를 보며 나도 마음을 다잡았다.

늦은 감이 없지 않지만 그 시절 엄마의 마음을 알아봐 주시고 남모르게 나를 챙겨주신 선생님들의 마음에 무한한 감사를 전한다. 선생님들 덕분에 그때 나는 세상이 꽤 살만한 곳이라는 사실을 온몸으로 이해했다. 그러나 선생님들의 마음 앞에는 엄마의 마음이 있었다. 엄마의 지극한 정성 덕분에 나의 학창시절은 흔들릴지언정 꺾이지 않았다.

때론 앞서 걸으며 뒤따를 나의 길을 쓸고 닦았던 엄마. 때론 뒤따라 걸으며 앞서는 나의 휘청거림을 온몸으로 받아냈던 엄마, 보이지 않아 있는지도 몰랐던 그 마음이 자꾸만 꾸물꾸물 기어 나와 뒤늦게 나를 감동케 한다.

엄마는 언제나 내가 보지 못한 곳까지 닿아 있었다.
엄마의 마음이 켜지는 순간이면 나의 뒤안길에도 빛이 들었다.

나의 소울푸드, 엄마표 김치밥국

엄마는 요리를 잘한다. 덕분에 엄마를 떠올리면 함께 떠오르는 음식이 꽤 많다. 진미채 볶음이나 멸치볶음, 장조림 등 밑반찬에서부터 불고기, 낙지볶음, 아귀찜 등 일품요리와 각종 국수류와 찌개류, 돈가스, 함박스테이크 등 양식 요리까지. 날씨와 계절에 따라 생각나는 엄마표 요리는 달라진다. 엄마를 떠올릴 때, 자연스럽게 오감이 자극되는 것은 엄마의 요리 솜씨가 큰 몫을 했을 것이다.

엄마표 음식을 모두 사랑하지만 그중에서도 딱 하나만 선택하라고 하면 오래 망설이지 않고 고를 음식이 하나 있다. 떠올리는 것만으로도 마음이 봄처럼 따스해지는 음식, 깊이 잠들어 있던 영혼을 단숨에 깨우는 소울푸드, 바로 '엄마표 김치밥국'이다. 엄마가 해준 음식 중에 이색적이고 특별한 음식도 꽤 있었는데, 영혼까지 가닿은 음식은 그토록 소박한 음식이었다.

김치밥국은 몸이 좋지 않거나, 입맛이 없을 때 엄마가 종종 해준 음식이었다. 몸이 약해 감기와 소화불량을 달고 살던 나는 죽을 먹어야 할 일이 많았다. 흰죽, 야채죽, 소고기죽, 전복죽 ······ 밍밍한 죽을 지겹도록 먹다가 김치밥국을 만나면 특식처럼 여겨졌다. 진한 멸치육수에 식은 밥과 송송 썬 익은 김치, 콩나물을 넣어 푹 삶아 끓여낸 김치밥국! 밥국이 끓어가면 집의 구석구석에까지 멸치육수와 신김치의 냄새가 그윽하게 퍼졌다. 그 냄새만으로도 잃어버렸던 식욕이 다시 살아나는지 입가에 금세 군침이 고였다. 대접에 한 그릇 가득 퍼먹고도 아쉬운 마음에 그릇 바닥을 삭삭 긁어대곤 했다.

김치밥국은 몸이 아플 때만 찾던 음식은 아니었다. 마음이 긴장되어 움츠러들면 막 끓여 김이 모락모락 풍기는, 뜨끈한 밥국 한 그릇이 간절했다. 교사임용 시험 날 아침도 예외는 아니었다.

"엄마, 나 시험날 아침에 김치밥국 끓여줘."

처음에 엄마는 의아해했다. 밥국은 죽은 아니었지만 밥을 삶아 죽처럼 뭉근하게 끓여내는 음식이었다. 미신이긴 해도 시험 치는 날 아침에 죽을 먹는 것은 일종의 금기였다. 그럼에도 나는 꼭 김치밥국을 먹어야 할 것 같았다. 11월의 서늘한 아침, 몸과 마음의 긴장을 덜어내는 데 그만한 음식이 떠오르지 않았다.

시험 날 새벽, 엄마는 특별히 더 정성을 쏟아 멸치육수를 우렸다. 깊은 잠을 자지 못했지만 이른 새벽부터 온 집안을 가득 채운 밥국 끓는 냄새에 몸의 피로가 눈 녹듯 사라졌다. 많이 먹으면 안 된다고 생각하면서도 숟가락질을 멈출 수 없었다. 씹을 것도 없는 밥국을 꼭꼭 씹어

삼키며 시험에 대한 긴장감을 조금씩 떨쳐냈다.

첫 번째 시험은 불합격. 1년을 기다려 두 번째 시험을 치는 날이 되었다. 그날 역시 이른 새벽 김이 모락모락 나는 김치밥국을 먹었다. 심지어 1차, 2차, 3차 시험 아침에 모두. 그리고 꿈에 그리던 '합격' 두 글자를 받아들었다. 이후 엄마의 밥국은 완벽한 소울푸드가 되었다.

찬바람 부는 계절이면 유난히도 자주 생각나는 엄마표 김치밥국. 몇 번이고 직접 끓여볼까 싶어 재료를 준비했다가 접어버렸다. 그것만큼은 엄마의 음식으로 남겨두고 싶었다. 아마 엄마의 레시피를 그대로 따라 끓이더라도 영혼을 깨우는 맛을 내지는 못할 것이다.

특별할 것도 없는 김치밥국이 이토록 애틋한 것은 그 속에 가득 담긴 엄마의 사랑과 기도 덕분이 아닐까.

귀하고 따스한 그 마음들이 밥국 위로 솔솔, 흩뿌려져 있기에.

생일상에
담긴
특별한 추억

"진아야, 생일인데 미역국은 먹었어?"

"미역국은 무슨, 끓여놔도 먹는 사람도 없는데……."

"그래도 생일인데……. 미역국은 끓여 먹지. 옆에 있었으면 엄마가 끓여줬을 건데. 미안하다."

"엄마, 미안하긴 뭐가 미안해요. 미역국은 애 둘 낳고 하도 먹어서 질렸어."

서른일곱 번째 생일날 아침이었다. 남편과 어린 두 아이 그리고 나까지, 네 식구가 사는 이 집에서 나를 위해 미역국을 끓여줄 사람은 없었다. 요리라면 바들바들 손을 떠는 남편에게는 애당초 기대하지 않았다. 그렇다고 직접 끓이는 것도 내키지 않았다. 엄마는 누구보다 먼저 축하 전화를 걸어왔다. 그리고 첫 마디가 '미역국은 먹었어?'였다. 미역국이 질렸다고 답한 것은 새빨간 거짓말이었다. 엄마가 미역국 이야기를 꺼내는 순간, 신선한 조개를 듬뿍 넣어 끓인 엄마표 미역국 생각이 간절했다. 먹어도 먹어도 질리지 않는, 엄마의 미역국이 그리웠다.

결혼 전까지, 매년 생일이면 과하다 싶을 정도의 생일상을 받았다. 미역국과 찰밥은 기본이고, 오색 잡채, 생선, 불고기 등 나 한 사람을 위해 준비한 음식이라기에는 민망할 정도로 많은 음식이 아침상에 올랐다. 그때는 엄마의 수고로움이 눈에 들어오지 않았다. 생일이면 으레 그런 밥상을 받는 줄 알았다. 거한 생일상을 서른 번도 넘게 받았지만 그중에서 유독 강렬하게 기억나는 생일상이 있다.

초등학교 4학년 때였다. 겨울 방학 기간에 끼어있는 생일을 며칠 앞당겨 집에서 파티를 열었다. 어떤 친구들을 초대했는지는 기억나지 않는다. 다만 좁은 방을 가득 채웠던 아이들의 와글거리는 목소리만 선명히 떠오른다. 초대받은 친구들이 모두 앉기에 안방은 너무 좁았다. 우리 집에서는 제일 큰 방이었지만 그래 봐야 대여섯 평쯤 되는 작은 방이었으니 그럴 만도 했다.

그때는 생일이면 친구들을 집으로 초대해 생일 파티를 여는 것이 유행이었다. 요즘은 키즈 카페나 작은 레스토랑을 통째로 빌리기도 한다는데 당시에는 그런 시설이 없기도 했거니와 뭐든 집에서 해결하는 게 당연하던 시절이기도 했다. 그해에만 몇 번의 생일 파티에 초대되었는지 모를 정도로 친구들은 앞다투어 생일 파티를 열었다. 그중에는 무척 잘사는 아이들도 있었다. 어떤 친구의 집에는 지하실이 따로 있었고, 또 다른 친구의 집에는 정원이라 부를 만한 너른 마당이 있었다. 그런 곳에서 열린 생일 파티에는 거의 반 전체가 초대되었는데 으리으리한 대문을 열고 들어서며 내내 감탄사를 연발하던 기억이 난다.

그 친구들의 집에 비하자면 초라하기 그지없던, 너무나 오래되고 조그마했던 우리 집. 지하실과 정원은커녕 거실이라 부를 만한 공간도 따로 없던 열네 평짜리 우리 집. 지금 같으면 비교가 될까 봐 친구들을 불러 모을 생각도 못 했을 것이다. 그때의 나는 비좁은 집을 상쇄하고도 남을 만큼, 확실하게 믿는 구석이 있었다. 바로 엄마의 필살 메뉴들이 총동원된 생일상이었다.

접시 위에 나무의 나이테처럼 원을 그리며 놓여 있던 정갈한 김밥.
돼지고기를 조각내 튀긴 뒤, 새콤달콤 양념을 묻힌 돼지고기 강정.
어묵과 떡이 반반쯤 섞여 있던, 매콤달콤 떡볶이.
각종 색깔의 재료가 총동원된 쫄깃쫄깃 잡채.
고소한 마요네즈가 듬뿍 들어간 감자 샐러드 샌드위치.
과자와 음료수, 버터크림 케이크까지!

그야말로 완벽한 생일상이었다. 생일 초를 불어 끄기 무섭게 아이들의 손이 분주하게 움직였다. 아주 친숙한 엄마 음식이었는데도 그날만은 너무나 특별한 음식처럼 느껴졌다. 너나 할 것 없이 정말 배가 터지도록 먹었다.

그 뒤 생일 파티의 유행이 바뀌기도 했고, 중학생이 되면서부터는 생일 파티 자체를 열 일이 없었다. 그래도 엄마는 12월 31일, 일 년의 마지막 날이자 내 생일이 되면 상다리가 휘어질 듯한 생일상을 차렸다. 오직 나 한 사람을 위해, 엄마의 사랑을 가득 담아.

그 기억들이 한데 어우러져 지금의 나를 완성했는지도 모른다. 일 년에 한 번, 태어난 날을 진심으로 축복하는 이가 있다는 사실, 그것이 나를 여기까지 살게 했는지도.

'더 이상은 엄마가 차려준 생일상은 받기 어렵겠지?'

괜히 아쉬운 마음이 들었다. 그러다가 문득 엄마 생일에는 누가 미역국을 끓여 주나 싶었다. 다음 엄마 생일에는 꼭 내가 미역국을 끓여드려야겠다는 다짐을 했다. 지키지 못할 거란 걸 뻔히 알면서도.

이제껏 엄마에게 받기만 한 사랑이 너무나 미안해서.

그리고 고마워서.

다시 태어나도
나의 엄마가
되어주실래요?

엄마와 나는 많은 편지를 주고받았다. 특별한 날이 아니어도 종종 그랬다. 예쁜 편지지에 쓰기도 했지만, 연습장이나 다이어리 한 장을 찢어 쓴 날도 많았다. 서로에게 당부하거나 부탁할 말이 있을 때, 서로를 이해하지 못해 화가 나거나 서운할 때, 누군가와 대화는 하고 싶은데 마땅한 상대가 없을 때, 삶과 생활에 지쳤을 때, 때를 가리지 않고 우리는 서로에게 편지를 썼다.

고등학교 2학년 때인가, 휴대전화가 생겼다. 휴대전

화 메시지 기능을 사용한 후부터 엄마에게 편지를 쓰는 횟수가 현저히 줄었다. 엄마 역시 마찬가지였다. 손끝으로 톡톡 두드려 장문의 메시지가 완성되는 데 고작해야 1~2분 남짓이니 그 유혹을 피하기 어려웠다. 애써 종이와 펜을 마련하고 시간을 내어 손으로 쓰는 것과 비교할 수 없을 만큼 편하고 빨랐다. 자연스럽게 편지쓰기는 어버이날이나 생일 같은 특별한 날의 이벤트가 되었다.

정말 오랜만에 엄마의 편지를 받은 날은 나의 결혼식 날이었다. 엄마는 결혼식 내내 울고 있었다. 식이 진행되는 동안 계속해서 손수건으로 눈자위를 찍어내던 엄마를 보았다.

덩달아 눈물이 쏟아지려는 걸 입술을 깨물어 가며 겨우 참았다. 식이 끝나고 직계가족의 사진을 찍을 때 보니 얼마나 울었던지, 엄마의 눈은 퉁퉁 부어있었다. 결혼식 당일에 신혼여행을 떠나기로 되어있어서 식이 끝나기 무섭게 짐을 챙겨 공항버스에 올라야 했다. 엄마는 신혼여행에서 쓰라며 내 손에 봉투 하나를 쥐여 주었다. 엄마의 손을 참으로 오랜만에 잡아본 것 같다고 생각하며 봉투를 받았다. 공항버스에서 열어보니 꽤 많은 현금이 들어 있었다. 그리고 낯익은, 엄마 글씨로 빼곡한 편지 한 통이 있었다.

'행복하게 잘 살라'는 말은 숱하게 들었다. 결혼식에 왔던 모든 이들이 그렇게 말했다. 하지만 엄마의 필체에 담긴 '행복하게 잘 살라'는 말은 전혀 다르게 느껴졌다. 진심 가득한 그 한 마디에 결혼식 내내 참았던 눈물이 왈칵 쏟아졌다. 한 번도 행복한 결혼 생활을 누리지 못했던 엄마의 간절한 마음이 느껴져 아무런 말도 할 수 없었다. 울고 또 울었다.

이제 우리는 서로에게 편지를 거의 쓰지 않는다. 그래서 엄마의 필체를 만날 곳은 오직 엄마가 보낸 택배의 송장뿐이다. 가끔 그 필체가 목구멍에 탁, 걸리는 날이면 택배 송장에 불과한 종이 한 장을 그냥 쓰레기통에 버릴 수가 없다. 어차피 버려질 종이라는 것을 알면서도 괜히 엄마가 쓴 내 이름을 쓰윽 만져보곤 한다. 그럴 때마다 '진아-'로 시작하던 엄마의 편지가 눈앞에 어른거린다.

얼마 전 엄마에게서 '어버이 자서전'이라는 작은 책자 하나를 선물 받았다. 그 안에는 60개 가까운 질문들이 있었는데, 엄마는 그 질문에 대한 답을 빠짐없이 써주었다. 나에게 보내는 한 통의 편지와 함께. 아무 생각 없이 펼쳤다가 한 줄도 제대로 읽지 못하고 덮어 버렸다. 금세 시야가 흐려져 아이들 앞에서는 도무지 읽을 수가 없었다.

늦은 밤 두 아이가 잠든 후, 부엌 한쪽 구석에 쪼그리고 앉았다. '어버이 자서전'을 다시 펼쳤다. 읽는 내내 얼마나 울었는지, 몇 번을 내려놓았다 다시 들었는지 모른다. 겨우 끝까지 읽어낸 그 책에는, 이제껏 한 번도 입 밖으로 꺼내놓지 않았던 엄마의 마음이 고스란히 담겨 있었다. 그 마음이 엄마의 동그란 글씨를 타고 내게로 굴러왔다. 그중에서도 나를 가장 오래 울게 했던 질문과 답은 이것이었다.

Q. 다시 태어나도 나의 엄마가 되어주실래요?

A. 그러면 너무 좋지.

누군가는 다음 생에 자기 엄마의 '엄마'로 태어나고 싶다고 한다. 이번 생에 넘치게 받은 사랑을 다음 생에 꼭 돌려주고 싶다며. 그렇다면 나는 이기적인 걸까? 나는 또다시 엄마의 '딸'로 태어나고 싶다. 그래서 꼭 이 생에서처럼 더없이 사랑받으며 살고 싶다.

그 이상의 축복은 없을 것 같다.

엄마를
데리러 가던
골목길

우리 집은 터널 위에 있었다. 그 집에 이십 년 이상 살면서 '터널'의 존재를 의식한 적은 별로 없었지만, 가끔 버스를 타고 집 아래 터널을 통과할 때면 '저 위에 우리 집인데.'라는 생각을 했었다. 터널은 대체로 산이나 언덕을 관통하는 것이니, 그때의 우리 집은 꽤 높은 곳에 있었던 셈이다.

그래도 지하철역이 10분 남짓한 곳에 있던, 나름대로는 역세권이었다. 문제는 지하철역부터 집까지 오는 길이 그리 평탄하지 않았다는 것이지만……. 경사가 꽤 높은 오르막은 그렇다 치더라도, 인적이 드물고 좁디좁은 골목이 꼬리를 물고 이어진 길이었다. 특히 밤중의 오르막은 어둡기까지 해서 근거 없는 공포심을 불러일으키기에 충분했다.

젊은 나이에 혼자 두 딸을 키워낼 만큼 당찬 엄마였지만, 본디 겁이 많은 사람이었다. 퇴근 후 지하철에서 내리면 9시 전후였는데 엄마는 그 시간에 혼자 그 길을 걸어오지 못했다. (물론 나와 동생도 엄마를 닮아 어두운 시간에 그 골목을 한 번도 혼자 오르내린 적이 없다.)

엄마는 매일 저녁 비슷한 시간에 집으로 전화를 걸어왔다.

"엄마 이제 마치고 지하철 타러 간다."

전화를 끊으면서 나와 동생은 시간을 계산했다. 엄마가 백화점에서 지하철역까지 걸어갈 시간, 지하철을 타고 내릴 시간을 계산해 도착 시간을 가늠했다.

매일 같이 싸워대던 우리였지만 엄마를 데리러 골목길을 내려갈 때만큼은 예외였다. 누가 먼저랄 것도 없이 서로의 손을 잡았다. 좁고 어두운 골목길을 함께 달렸다.

어둠 속에서 누구 하나 뒤처지지 않도록, 서로의 발소리에 용기를 얻으며 전속력으로 뛰었다. 내리막길과 평지가 만나는 지점에 다다랐을 때에야 몸의 긴장이 풀렸다. 거기서부터 지하철역까지는 둘이 팔짱을 끼고 걸었다. 두런두런 이야기를 나눌 여유도 생겼다. 지하철역 개찰구 앞을 서성이다가 에스컬레이터에서 엄마의 뒷모습이 보이면 우리는 손을 흔들었다.

"엄마!"

엄마가 짐을 잔뜩 든 날에는 함께 짐을 나눠 들고 지하철역을 빠져나왔다. 가끔 지하철역 입구에 있던 붕어빵 수레에서 붕어빵을 사 먹기도 했다. 그렇게 둘이 내려갔던 길을 셋이 되어 올라갔다. 둘이서 내달릴 때만 하더라도 긴장 속에 숨 가쁘던 길이, 셋이 되는 순간 거짓말처럼 편안하게 느껴졌다. 종종 이 길을 엄마 혼자 올라오지 않게 해서 다행이라는 생각도 했다.

뛰어서 내려왔던 길을 천천히 걸어 올라가는 동안, 우리는 쉼 없이 떠들었다. 우리 세 식구가 누구의 방해도 받지 않은 채 수다를 떨 수 있는 시간은 그때가 유일했다. 할 말은 넘쳐나는데 10분 남짓한 시간은 너무도 짧았다. 오르막을 오르는 것이 힘겨워서였던 건지, 더 많은 이야기를 나누고 싶었던 건지, 누구도 오르는 걸음을 재촉하지 않았다.

우리의 목소리가 어둠을 울려 빛을 내는지, 올라오는 골목길은 언제나 전보다 밝고 넓게 느껴졌다.

"새벽에 가야
물이
깨끗하지"

"내일 새벽에 목욕탕 갈 거니, 일찍 자라."

주로 금요일 또는 토요일 밤이었다. 늦게까지 잠들지 않는 우리에게 엄마는 엄포를 놓듯 이야기했다. 여름 두어 달을 제외하고는 일주일에 한 번, 목욕탕에 가서 묵은 때를 벗겨야 했다. 목욕탕 가는 것 자체는 좋았지만, 문제는 시간이었다. 엄마는 꼭 이른 새벽 시간을 고집했다. 매주 반복되는 일인데도 새벽에 일어나는 일은 익숙해지지 않았다. 새벽 다섯 시 반에서 여섯 시 사이, 초등학생인 나와 동생에게는 가혹할 정도로 이른 시간이었다. 아침 먹고 천천히 가면 안 되냐고 투정도 부렸지만, 돌아오는 대답은 늘 한결같았다.

"새벽에 가야 물이 깨끗하지."

그때는 엄마의 말을 거역할 수 없었다. 그저 새벽에 눈이 번쩍 떠지기만을 바라며 오지 않는 잠을 청했다. 단한 번도 스스로 눈을 뜬 적은 없었다. 엄마의 목소리에 겨우 눈을 떠 몸을 일으키면, 엄마는 이미 목욕 바구니까지 모두 챙긴 뒤였다. 겉옷을 대충 걸쳐 입고 엄마를 따라 대문을 나섰다. 걸음이 빠른 엄마는 언제나 앞서 걸었고, 나와 동생은 잠이 덜 깬 눈을 연신 비비며 뒤따라 걸었다. 새벽의 목욕탕은 계절과 관계없이 언제나 서늘했다. 왜 새벽에 목욕탕을 가야 하냐고 매번 투덜거렸지만, 막상 목욕탕에 도착하면 언제 그랬냐는 듯 기분 좋은 상쾌함을 느꼈다.

우리가 가던 동네 목욕탕에는 온탕 하나, 냉탕 하나, 샤워기 자리 몇 개, 테두리에 둘러앉아 씻을 수 있던 작은 탕 두 개가 있었다. 새벽 시간이라 눈치 볼 사람 없이 마음에 드는 자리에 앉을 수 있었다. 나와 동생, 엄마는 왼쪽 구석에 있던 작은 탕 테두리에 둘러앉기를 좋아했다. 네 명쯤 둘러앉을 수 있는 작은 탕이었다. 우리는 새벽 시간의 특권으로 그 탕을 독점했다. 너무 뜨겁지도 미지근하지도 않은, 딱 적당한 온도의 물을 콸콸 받았다. 손가락 끝으로 물의 온도를 가늠한 뒤, 적당한 온도가 되면 바가지 한가득 물을 퍼서 온몸에 와르르 쏟아부었다. 새벽 공기를 맞아 서늘해졌던 몸이 단번에 따스하게 녹아내렸다.

대충 비누칠을 해서 몸을 씻은 뒤 온탕에 들어갈 채비를 했다. 어떤 온도든 엄마는 단숨에 들어갔다. 나와 동생은 발끝으로 온탕의 물을 콕 찍어보고는 탕 테두리에 걸터앉았다. 몇 번이나 발끝을 튕긴 후에야 발, 종아리, 무릎의 순서대로 겨우 들어갈 수 있었다. 무릎 아래의 온도가 뜨거움에서 따뜻함으로 변할 때쯤 엉덩이, 허리, 가슴을 물속으로 밀어 넣었다.

온탕에 들어앉아 몸이 풀어지기 시작할 때면 마음까지 함께 풀어지는지, 그동안 털어놓지 못했던 이야기가 술술 흘러나왔다. 온탕 테두리에 팔을 괴고 엎드린 채로 조잘조잘, 별것도 아닌 얘기를 별것처럼 했다. 엄마는 팔꿈치로 몸을 지탱하고 누운 채로 별다른 대답 없이 그저 들어주었다. 들어주는 사람이 있다는 것만으로도 하고 싶은 이야기가 넘쳐나던 때였다. 온탕에 오래 앉아 있기는 쉽지 않았다. 머리가 빙글빙글 돌기 시작하면 미처 다 하지 못한 이야기를 뒤로 하고 탕 밖으로 나와야 했다. 마음 같아서는 곧바로 냉탕에 뛰어들고 싶었지만 실컷 불려놓은 때가 도로 들어간다는 엄마의 말에 꼼짝없이 때밀 준비를 했다.

엄마는 나와 동생의 벌거벗은 몸이 발갛게 변할 때까지 때를 밀어주었다.

"아이고, 이 때 봐라. 지난주에 때 민 거 맞아?"

꼼짝없이 몸을 맡기고 앉아 떨어지는 때를 가만히 구경

했다. 엄마 말처럼 어떻게 매주 때를 미는데도 매번 이만큼의 때가 나오는지 신기할 따름이었다. 엄마는 우리 둘을 다 씻긴 후에야 몸을 씻었다. 그 시간이 나와 동생에게는 제일 달콤한 시간이었다. 두 딸을 씻긴 후 당신 몸까지 씻어야 했던 엄마가 얼마나 기진맥진했을지는 전혀 생각하지 못했다. 잠도 다 깼겠다, 때도 다 밀었겠다, 남은 것은 냉탕에서 발장구를 치는 일뿐이었다. 엄마가 씻는 동안, 우리는 정말 마음껏 발장구를 치며 놀았다. 가끔 입술이 파랗게 변할 때까지 냉탕에 있다가 혼이 나기도 했다.

엄마는 손이 닿는 곳을 다 씻은 후 나를 불렀다. 그러면 나는 엄마 손에 끼워져 있던 때수건을 받아 엄마의 등을 밀었다. 언제나 엄마의 등은 야위어 있었다. 두 날개뼈와 척추뼈 마디마디가 고스란히 느껴지는 등을 최선을 다해 밀었다. 요령 없이 너무 열심히만 밀어서 빨간 피가 비치기도 했다.

마무리로 함께 머리를 감고 목욕 바구니를 정리해 탈의실로 나왔다. 후끈거리던 목욕탕 안과 달리 밖은 늘 서늘했다. 옷을 챙겨 입고 머리를 말리며, 바나나 우유나 요구르트를 사 마시기도 했다. 젖은 머리로 한 손에는 바구니를, 한 손에는 빨대 꽂은 요구르트를 들고 찬바람 부는 거리로 나서면 그렇게 상쾌할 수가 없었다. 그때 시각, 겨우 일곱 시 즈음이었다.

새벽에 목욕탕을 가는 일을 그만둔 것은 내가 고등학교에 갈 때쯤부터였다. 어느 날부터인가 엄마는 새벽에 목욕탕 가자는 말을 하지 않았다. 아니, 가자고 했던들 내가 엄마의 말을 고분고분 따를 리 없었다. 그즈음부터 친구들과 목욕탕에 가기도 하고 동생과 둘이서 가기도 했다.

가끔 엄마와 목욕 바구니를 들고 나서던 그 새벽이 생각난다. 엄마의 손에 이끌려 제대로 눈도 뜨지 못한 채 오르던 오르막길, 서늘하던 목욕탕의 온도, 엄마와 온탕 속에 들어앉아 끝도 없이 조잘대던 이야기, 엄마의 손끝에서 떨어지던 묵은 때, 젖은 머리칼 날리며 함께 집으로 돌아오던 내리막길까지.

그 사소한 순간마저 추억이 될 줄은 몰랐던 그때가, 이제 와 새삼 무척이나 그립다.

가족 여행,
그 역사의
시작

엄마는 나와 동생이 물질적으로는 그렇지 않을지라도, 정신적으로는 풍요로운 삶을 살기를 바랐다. 그러기 위해 우리가 어릴 때부터 많은 것을 보고 듣고 경험할 수 있도록 애썼다. 그 덕분에 나와 동생은 매년 전국 각지로 여행을 다니는 호사를 누리며 자랐다.

초등학교 때까지만 하더라도 각지에 흩어져 살던 외가 친척 집을 방문하는 것으로 가족 여행을 대신했다. 덕분에 우리는 큰돈 들이지 않고 제주도부터 경기도까지 안 가 본 곳이 없을 만큼 많은 곳을 여행했다. 그러다 내가 중학생이 되던 해, 우리 세 식구는 처음으로 셋만의 여행을 떠났다.

첫 여행지는 해운대였다. 부산에 살면서 해운대로 첫 여행을 떠난 것은 엄마가 지인에게 호텔 숙박권을 선물로 받아서였다. 우리 형편에 꿈도 꿀 수 없었던, 5성급 호텔이었다. 엄마는 여행을 준비하는 내내 무척 설레했다. 우리는 처음 떠나는 셋만의 여행을 기념하며 패밀리룩까지 맞췄다.

여행 당일, 버스를 타고 해운대 해수욕장에 내려 실컷 시간을 보낸 후, 늦은 밤이 되어서야 체크인을 했다. 지금이었다면 '호캉스'를 즐긴다며 체크인이 가능한 시간에 딱 맞춰 도착했을 것이다. 푹신한 침구에 몸도 누이고 호텔의 여러 부대시설도 이용했을 텐데, 당시 우리에게 호텔은 숙소 이상의 의미를 지니지 못했다.

엄마는 처음 해보는 체크인에 꽤 긴장하는 듯했다. 한참을 떨어진 곳에서 엄마를 지켜보던 나와 동생도 긴장하긴 마찬가지였다. 체크인이 끝나고 방을 찾아 들어가자마자 엄청난 안도감을 느꼈다. 너무 늦은 밤에 체크인을 한 탓에 바다 쪽으로 난 통유리에는 짙은 어둠 속에 어른거리는 우리의 모습만 비쳤다. 그래도 정갈하게 정리된 침대와 깨끗한 욕실, 처음 보는 대형 텔레비전에 마냥 행복했다. 준비해 간 필름 카메라로 호텔 방 여기저기에서 사진을 찍었다.

그러던 중 계속해서 우리의 신경을 거슬리게 하는 것이 있었으니, 그것은 창가 테이블에 놓여 있던 제법 큰 과일바구니였다. 호텔에 처음 가 본 우리는 과일바구니가 왜 거기에 있는지 알지 못했다. 머리를 맞댄 결과, 바구니 속 과일들은 호텔 방에 있는 음료나 과자처럼 먹으면 비용이 청구되는 것이라는 결론을 내렸다. 행여 과일바구니에 손이 닿을까 봐 창가 테이블을 구석으로 밀어 두었다. 방 안에서 별다르게 할 일이 없던 우리는, 깨끗하고 넓은 욕실에서 뜨거운 물을 콸콸 틀어 꽤 긴 시간 동안 샤워를 했다. 그리고는 새하얀 이불 속에 몸을 밀어 넣은 채 텔레비전 채널을 이리저리 돌리다가 이내 잠이 들었다.

다음 날 일어나 보니 창밖으로 전날 밤과는 전혀 다른 풍경이 펼쳐져 있었다. 익숙하던 해운대 바다가 마치 처음 보는 바다처럼 느껴졌다. 잔잔한 파도가 하얗게 부서지는 모래사장, 옅은 하늘색의 바다 빛깔, 물결 위로 번지던 윤슬까지. 예쁘다는 표현으로는 품을 수 없는 바다가 거기 있었다. 우리는 패밀리룩을 갖춰 입고 통유리 너머 바다를 배경으로 사진을 찍었다. 세 사람이 함께 찍을 수 없다는 것이 못내 아쉬웠다. 독사진과 두 사람씩 짝을 지은 사진으로 만족해야 했다. 한참을 창가에 앉아 푸른 바다를 바라보다 방에서 나왔다. 마치 아무도 왔다 가지 않은 것처럼, 침구부터 다 쓴 수건까지 깨끗이 정리해 두는 일도 잊지 않았다.

엄마는 체크아웃을 하러 프런트로 가고 나와 동생은 로비에서 엄마를 기다렸다. 키만 반납하고 올 줄 알았던 엄마가 꽤 오랜 시간 데스크에서 직원과 이야기를 나누고 있었다. 그러더니 주섬주섬 가방을 열어 지갑을 꺼냈다. '무슨 일이 생긴 건가?' 싶어 마음이 콩알만큼 작아졌다. 체크아웃을 마치고 우리를 향해 걸어오던 엄마는 약간 당황스러운 표정이었다. 무슨 일이냐고 물으니 추가 비용을 결제했다고 했다. 그것도 만삼천 원이나!

"만삼천 원? 우리 아무것도 손 안 댔는데?"
"그러게. 우리가 방에서 무슨 영화를 봤다네."

영화라니, 무슨 말인지 도통 알 수 없었다. 생각하고 또 생각했다. 그러다 번뜩, 텔레비전 채널을 돌리다가 유료영화 채널을 본 기억이 났다. 아마도 우리 셋 중 누군가가 버튼을 잘못 눌러 영화를 재생했던 모양이었다. 그렇게 셋 중 단 한 명도, 단 한 장면도 제대로 보지 않은 영화 비용을 결제해야 했다. 이미 청구된 비용을 따져 물을 수도 없었다. 그저 첫 호텔 여행에서 큰 것 하나 배웠다며 함께 웃고 말았다.

호텔을 빠져나와 해운대역으로 가서 동해남부선을 탔다. 정해진 목적지는 없었다. 동해남부선을 탄 것부터가 계획에 없는 일이었다. 기차 안에서 바깥 풍경을 보다가 마음에 드는 곳이 있으면 내리기로 했다. 기차가 달리는 동안 창밖의 풍경을 실컷 보며 송정역을 지나쳤고, 임랑역에 도착했을 때 누가 먼저랄 것도 없이 "여기서 내려보자!" 하며 기차에서 내렸다. 임랑 해수욕장에는 사람이 거의 없었고, 우리는 바다를 통째로 빌린 듯 신나게 뛰어놀았다. 그리고 다시 동해남부선을 타고 해운대역으로 와 버스를 타고 집으로 돌아왔다.

완전히 잊고 있던 과일바구니에 얽힌 사연을 알게 된 것은 여행에서 돌아와 얼마 지나지 않아서였다. 엄마는 숙박권을 선물해주신 지인에게 감사 인사를 드릴 겸 전화를 걸었다가, 그분이 우리 셋의 첫 여행을 기념해 과일바구니를 보내주셨다는 사실을 알게 되었다. 엄마는 바구니 안에 쪽지가 있었다는데 열어볼 생각조차 하지 못한 소심함을 자책했고, 마음 써주신 그분께 너무 미안해했다. 그리고 탐스럽고 싱싱하던, 그 과일들을 못내 아까워했다.

호락호락하지 않았던 첫 여행을 시작으로 우리 셋은 매년 여름마다 가족 여행을 떠났다. 오로지 대중교통과 공중전화에 의지해서. 지금 생각하면 대단한 용기였고, 엄청난 모험이었다.

그나저나 그때 호텔 방에 남겨두고 온 과일바구니는 어떻게 되었을까?

문득 궁금해지는 밤이다.

모든 순간,
완벽하게
행복했다

"언니야, 우리 여행 다녔을 때, 인터넷도 이만큼 발달하지 않았고 휴대전화도 없었잖아. 그런데 엄마는 어떻게 그런 장소들을 다 알고 우리를 데려갔을까?"

"그러니까, 나도 그게 미스터리야."

동생과 가족 여행 이야기를 나누다 궁금한 마음에 엄마에게 전화를 걸었다. 엄마는 당시 주변 사람이 어디 가봤는데 좋더라는 이야기를 하거나 텔레비전에서 관광지를 소개하는 내용이 나오면 잊지 않고 메모를 해두었다고 했다. 휴가철이 되면 그 메모 내용을 바탕으로 여행지를 정하고 먹거리나 숙박 장소 등을 찾아보며 여행 계획을 세웠다고.

통영, 여수, 순천, 해남, 강진, 고창, 춘천, 가평, 남이섬, 전주…… 참 많이도 다녔다. 가까이 있던 경주, 거제, 청도쯤이면 교통도 편하고 오가기도 좋았을 텐데, 굳이 그먼 곳까지 갔다. 심지어 차도 없이, 오로지 대중교통만으로 말이다. 지금이야 모두 추억이 되었지만, 그때는 어린 마음에 한 시간에 겨우 한 대씩 오던 시골 버스를 기다리는 일도, 무거운 짐을 어깨에 멘 채 걷고 또 걸어야 하는 일도, 여행이 아니라 극기훈련 같다고 생각했었다.

대개 우리가 찾은 여행지는 절을 끼고 있는 관광지들이었다. 덕분에 여관이든 모텔이든, 하다못해 찜질방이라도 하나쯤은 있기 마련이었다. 그래서 숙소를 예약한다는 생각은 하지 않았었다. 그런데 한 번은 휴가철과 맞물린 시기라 가는 곳마다 빈방이 없었다. 심지어 찜질방도 없었다.

숙소는 근처에 가서 구하면 된다고 생각했던 엄마는 사색이 되어 이곳저곳을 뛰어다녔다. 나와 동생은 길거리에서 자야 할지도 모른다는 최악의 상상을 하며 그 뒤를 쫓았다.

다행히 정말 허름한 여관방 하나를 잡을 수 있었다. 길에서 자야 하는 상황이 생기지 않은 것만으로도 감사했다. 하지만 얼마나 허름했던지, 방문조차 고정되지 않아 덜컹거릴 지경이었다. 우리 셋은 갑자기 누가 벌컥, 문을 열고 들어올 것 같은 불안함에 꼭 붙은 채로 겨우 잠을 청했다. (그 일이 있고 난 후부터 엄마는 여행 전이면 숙소부터 알아보았다.)

어떤 때는 식당을 찾지 못해 끼니를 건너뛰기도 했다. 하다못해 슈퍼라도 있었다면 요기라도 했을 텐데 아무리 걸어도 허허벌판일 뿐 슈퍼의 그림자조차 만날 수 없는 곳들이 허다했다. 주린 배를 움켜쥔 채 제발 아무 식당이라도 하나만 나오라는 심정으로 걷고 또 걸었던 한여름의 그 길이 눈에 선하다.

참 희한한 것은, 그렇게 고생스럽던 여행이 하나같이 아름다운 기억으로 남았다는 것이다.

색색의 물감으로 아름다운 풍경을 만들어 내던 통영 동피랑 벽화마을. 발끝에 닿는 감촉이 동글동글 부드러웠던, 여수의 몽돌해수욕장. 땡볕 아래에서 버스가 오기만을 하염없이 기다렸던, 강진의 다산초당. 고요한 산사(山寺)였던, 고창 선운사. 엄마가 가장 좋아했던, 그래서 두 번이나 다시 찾았던 여수 향일암과 오동도. 땀을 뻘뻘 흘리며 걸어갔던, 해남 땅끝마을 기념비. 한여름이었지만 꼭 눈이 내릴 것만 같았던, 춘천의 남이섬. 처음으로 '펜션'이라는 곳에 가 보았던, 가평의 어느 숲. 담 낮은 한옥들이 늘어서 고요하고 아늑했던, 전주의 한옥마을. ……

일일이 다 나열할 수도 없는 곳들을 우리는 함께 걸었다. 때론 달렸고 때론 주저앉아 쉬었다. 웃고, 울고, 감동하고, 감격하며 모든 순간을 사랑으로 남겼다. 사진 한 장 없어서 흩어질 법도 한 오랜 기억이, 한 번 물꼬를 터트리면 밤을 새워 이야기할 수 있을 만큼 생생히 살아난다. 아마 앞으로 오랜 시간이 더 흐른다 해도 그 기억은 우리의 역사에서 사라지지 않을 것이다.

엄마는 일 년에 한두 번이었던 가족 여행을 위해 일 년 내내 덜 먹고, 덜 쓰며, 경비를 모았을 것이다. 길눈이 어두운 엄마가 지도 한 장에 의지해 이곳저곳 여행 동선을 짜고 교통편을 체크하는 일은 만만치 않았을 것이다. 무사히 여행을 떠났더라도 땡볕 아래에서 오지 않는 버스를 기다려야 했을 때, 밥때를 지나고도 식당을 찾지 못했을 때, 묵을 숙소가 마땅치 않아 어둠을 헤매야 했을 때, 엄마는 말할 수 없는 초초함을 느꼈을 것이다.

그러나 셋이 둘러앉으면 짐 놓을 공간도 마땅치 않던 좁은 방에서 잠을 청하던 그 밤, 땀으로 샤워하며 버스를 기다리던 그 한낮, 비를 피해 처마 아래 몸을 웅크리고 있던 그 시간, 한 끼를 건너뛴 채로 식당을 찾아 헤매던 낯선 그 거리, 걸어도 걸어도 목적지가 보이지 않던 그 산길까지, 무엇 하나 뺄 것 없이 소중하고 따스한 기억이 되었다. 잊을 수 없는 귀한 추억으로 남았다.

고백건대 그 모든 순간은 이미 완벽했다.
더없이 행복했다.

엄마의
아름다웠던 취미,
꽃꽂이

어린 시절, 우리 집 안방에는 매주 다른 꽃이 활짝 피어났다. 엄마의 유일한 취미였던 꽃꽂이의 결과물이었다. 열네 평, 작은 집에 꽃꽂이 작품을 놓을 공간은 마땅치 않았다. 어느 한 군데도 비어있거나 쓰임 없는 공간이 없었기 때문이다. 그래서 엄마의 작품들은 언제나 안방의 자그마한 구식 텔레비전 위에 놓였다. 가끔 작품의 크기가 너무 커 '저 작은 텔레비전이 무사할까' 싶은 때도 있었다.

먹고 살기도 빠듯했던 형편에 엄마가 꽃꽂이를 취미로 할 수 있었던 것은 아주 우연한 기회 덕분이었다. 동생이 초등학교를 다닐 때, 학교에서는 학부모를 대상으로 문화센터 프로그램 같은 것을 운영했다. 당시 엄마는 학교 일이라면 교실 청소부터 녹색 어머니회 교통 봉사, 급식 도우미까지 가리는 것 없이 참여하던 열혈 학부모였다. 그러다 얼떨결에 꽃꽂이 수업까지 듣게 되었다. 그때 꽃꽂이 선생님이셨던 분이 엄마를 무척 좋게 보셨던 모양이었다. 선생님은 엄마에게 학교 프로그램이 끝난 이후에도 선생님이 운영하는 학원에서 꽃꽂이를 더 배워보라고 권하셨다. 엄마는 그 후로 꽤 오랫동안 꽃꽂이를 배웠고, 그 결과 우리 집에는 사시사철 꽃향기가 가득했다.

일주일에 한 번 엄마가 꽃꽂이 학원에 다녀오는 날이면, 부엌의 연장선에 불과했던 거실에 각종 꽃꽂이 재료가 펼쳐졌다. 꽃대의 길이와 꽃의 크기에 따라 꽂아야 할 수반의 크기와 종류가 달랐다. 어떤 날은 둥글고 넓은 수반, 어떤 날은 좁고 긴 수반이 거실 한복판에 놓였다. 엄마는 펼쳐진 꽃과 나뭇가지들을 수반 위에 하나씩 꽂았다. 엄마의 손길이 닿은 자리마다 누워 있던 꽃대들이 몸을 세웠고, 제각각 놓여 있던 다른 꽃들이 묘하게 어우러졌다. 신문지에 둘둘 말려 생명력 없던 꽃들이 엄마의 손끝에서 되살아나 하나의 꽃밭을 이루어 나가는 모습은 신비롭기까지 했다. 장미나 안개꽃같이 흔히 볼 수 있던 꽃은 거의 없었다. 꽃집에서는 만날 일이 없어 보이는 이름 모를 꽃과 풀이 한데 어우러져 그야말로 '작품'이 되었다.

엄마의 꽃꽂이는 작은 집의 한구석을 꽃밭으로 바꾸는 마법에서 끝나지 않았다. 스승의 날이면, 엄마는 작품에 가까운 꽃바구니를 만들어 나와 동생 손에 들려주었다. 어린 시절에는 지나치게 눈에 띄는 꽃바구니가 마냥 민망하고 불편했다. 등굣길 내내 나에게 쏟아지는 아이들의 시선이 따갑게만 느껴졌다. 하지만 엄마의 고집을 꺾을 수도, 엄마의 마음을 저버릴 수도 없었다. 울며 겨자 먹기로 때론 나의 상체보다 더 큰 꽃바구니를 들고 집을 나서야 했다.

당시에는 스승의 날이면 선생님께 선물하는 문화가 당연했다. 잘은 모르지만 그중에는 고가의 선물을 준비한 학부모도 있었던 것 같다. 소문을 통해 그 이야기를 전해 들은 엄마는 자신이 할 수 있는 최선의 선물을 준비한 것이었다.

엄마의 꽃바구니는 매년 교탁 중앙을 차지했다. 케이크를 반장이 들고 서 있는 한이 있더라도 그 꽃만큼은 스승의 날 파티가 끝날 때까지 교탁 위를 지켰다. 내가 부반장쯤이라도 되던 해에는 그나마 견딜 만했다. 하지만 학급 간부도 아니었던 해에는 어떻게든 파티가 빨리 끝나기를 간절히 바랐다. 꽃대 하나하나에 담긴 엄마의 마음을 알아차리기에 나는 너무 어렸다.

엄마에게 꽃꽂이는 일종의 돌파구였을 것이다. 도피처라고 해야 할지도 모르겠다. 팍팍한 일상의 순간, 다채로운 향기를 싣고 오는 봄바람 같은 것이었을 수도 있다. 돌이켜 보니 그 세월 동안 엄마가 꽃을 가까이하지 않았다면 그렇게 긍정적인 마음으로 우리를 키워낼 수 있었을까 싶다. 줄기와 뿌리를 통째로 잃은 꽃가지를 수반에 꽂은 뒤, 물을 대어 살아있는 존재로 바꾸어내던 엄마. 꽃꽂이는 나와 동생을 키워낸 엄마의 마음을 꼭 닮아 있었다.

덧붙여, 엄마를 꽃꽂이의 세계로 인도해주신 선생님이 우리의 첫 가족여행이었던 호텔의 숙박권을 선물해주신 분이다. 그러고 보니 그 선생님이 우리 가족의 역사에 미친 영향이 무척 크다. 건강히 잘 지내고 계시겠지?

두 개의 도시락과
한 개의 보온병

고등학교의 급식은 형편없었다. 플라스틱 도시락에 김치를 포함한 반찬 세 개, 국과 밥이 담겨 있었는데 부실하기 짝이 없었다. 반찬 구성은 둘째 치더라도, 양도 너무 적었다. 때문에 상황이 되는 친구들은 도시락을 싸서 다녔다.

솔직히 나는 도시락을 싸다닐 상황이 아니었다. 엄마는 한 시간 이상 버스를 타고 다녀야 하는 곳에서 일했고, 그러자면 아침 시간에 출근 준비하기도 바빴다. 엄마를 생각하면 급식을 먹어야 했지만, 철이 없었던 건지 그러고 싶지 않았다. 결국 엄마에게 이야기를 꺼냈고 엄마는 망설임 없이 도시락을 싸주겠다고 했다.

다행히 야간자율학습이 말 그대로 자율적으로 운영되던 시절에 고1, 고2를 보낸 덕에 점심 도시락 하나만 싸면 되었다. 도시락을 싸기 시작한 엄마는 질 좋은 보온 도시락부터 장만했다. 밥이 식으면 맛이 없다는 이유였다. 한여름에도 언제나 모락모락 김이 나는 도시락을 여는 기분이란!

소시지나 햄을 좋아하지 않던, 지극히 까다로운 나의 입맛에 딱 맞는 반찬들로만 채워진 도시락이었다. 데친 오징어와 매콤한 낙지볶음, 닭볶음탕, 불고기⋯⋯. 고작 한 끼의 도시락을 위해서 엄마는 매일 특식 메뉴를 만들었다. 밑반찬을 넣더라도, 집에서 먹던 것을 그대로 넣는 일은 거의 없었다. 가능한 새로 요리한 것들로 두세 개의 반찬 칸을 가득 채워주었다. 꾹꾹 눌러 담은 반찬과 국의

양을 이기지 못해, 도시락 뚜껑을 열 때마다 엄마의 넘치는 사랑이 가장자리를 타고 흘러내리곤 했다.

어느 날부터인가, 도시락이 두 개로 늘었다. 삼십 분 이상 걸렸던 통학 거리 때문에 이른 시간 집을 나서야 했고 그러다 보니 아침을 거르는 일이 자연스러워졌다. 그때는 밥보다 잠이 절실했기에 아침 먹고 가라는 엄마의 목소리가 귓등에도 들리지 않았다. 엄마는 결국 아침 도시락을 싸기 시작했다. 수업이 시작되기 전, 잠깐의 쉬는 시간에 가볍게 먹을 수 있는 토스트나 샌드위치, 샐러드, 삼각김밥, 유부초밥 같은 것들이 아침 도시락의 메뉴가 되었다.

등교 후 아침 자습 시간이 끝나면 자리 주변으로 친구들이 모여들었다. 엄마는 딸이 혼자서 도시락을 먹지 않으리라는 것을 알았기에 늘 같은 메뉴를 두세 통씩 싸 주었다. 이내 아침 메뉴 냄새가 온 교실에 풍겼다. 친구들은 감탄사를 연발하며 감동했다. 엄마를 치켜세웠고 나를 부러워했다. 겉으로는 이런 것쯤 아무것도 아니라는 듯 웃고 말았지만 속으로는 이런 엄마가 있다는 것, 이만큼 사랑받으며 살아가고 있다는 것이 말할 수 없이 뿌듯했다.

엄마는 언젠가부터 보온병 하나를 같이 넣어 주셨다. 물 대신 생과일주스가 들어있는 보온병이었다. 그것도 손수 만든, 엄마표 과일주스였다. 딸기 주스와 토마토 주스, 바나나 주스 등이 있었는데, 가장 인기 있던 것은 단연 딸기 주스였다.

딸기 철만 되면 엄마는 시장에서 알이 작거나 흠집 있는 딸기를 한 상자씩 사 왔다. 깨끗이 씻어 꼭지를 뗀 후, 직사각형의 스테인리스 통에 넣고 손으로 조물조물 으깼다. 순수한 딸기 과육만으로 스테인리스 통이 가득 차면, 그대로 냉동실에 넣어 얼렸다. 꽁꽁 언 딸기 과육은 직육면체 모양으로 잘라, 믹서기에 몇 조각 넣은 뒤 사이다를 섞어 갈았다. 생각만 해도 입에 침이 고이는 그 맛은, 청량하고 달콤했으며 순간적으로 머리가 어질해질 만큼 시원했다.

아침부터 도시락에 생딸기 주스까지 함께 꺼내어놓으니 주변에 친구들이 모이지 않을 도리가 없었다. 그러고 보면 그 시절, 교우관계의 절반 이상은 엄마에게 지분이 있을 것 같다.

사물함이 있어 가방에 책도 넣어 다니지 않았던 시절, 내 어깨의 무게를 차지했던 것은 도시락 두 개와 보온병 하나가 전부였다.

묵직한 엄마의 사랑, 그것뿐이었다.

그림자

나는 딸로 태어났습니다

좁고 어두운 길을 지나 세상의 빛과 마주하니

엄마의 딸이 되어 있었습니다

나는 언제나 엄마보다 한 발 앞서 걸었습니다

엄마는 나의 그림자 되어 늘 나의 뒤를 따랐습니다

넘어진 나를 일으켜주던 손

주저앉아 우는 나를 끌어안던 품

멈춰 선 나를 기다리던 발걸음

모두, 그림자 엄마의 것이었습니다

등 뒤의 엄마가

넘어지고 주저앉고 멈추는 건

까맣게 몰랐습니다

나의 딸이 태어났습니다

열 달을 품은 딸을 세상에 내어놓던 날,

나는 엄마를 닮은 엄마가 되었습니다

아이는 언제나 나보다 한 발 앞서 걷습니다

이제 내가 그림자 되어 그 뒤를 따릅니다

꼭 그때의 엄마처럼

앞서가는 아이를 일으키고 끌어안고 기다립니다

이제야 뒤를 돌아 엄마를 봅니다

수없이 넘어지고 주저앉고 멈추면서도

앞서가는 내게서 한시도 눈을 떼지 않았던

툴툴 털고 일어서 다시 두 다리에 힘을 주었을

엄마의 세월을 봅니다

지금도 나의 그림자로 서 있는 엄마

우리는 눈가에 투명한 구슬 몇 개쯤 매단 채

서로를 바라봅니다

'엄마, 그동안 많이 힘들었지요'

'아니, 너의 엄마여서 더없이 행복했단다'

4장

—

엄마가 되어

엄마를 만나다

꿈

밤의 고요를 깨며
아이는 연신 개 짖는 소리를 냈다
컹컹 컹컹
적막이 조각나는 순간마다
손을 더듬어 나를 찾았다
나의 살내음 나지막한 목소리
아이는 다시 거친 기침 뱉으며 잠이 들었다
밤새 아이의 이마를 짚었다
그러다 깜박,

한 칸짜리 방, 사람들은 단칸방이라고 했다
땀에 절은 작은 아이가 끙끙 앓는 소리를 내고 있었다
그 곁에 동그라이 쪼그려 앉은 여인
아이의 거친 숨소리에 맞춰

여인의 가물거리는 눈은

떠졌다 감겼다 떠졌다 감겼다 ……

아이 이마에 얹힌 차가운 물수건은 이내 데워졌다

꾸벅, 졸다 놀란 여인은 다시 찬물에 수건을 적셨다

그러기를 여러 번

끝내 여인은

아이 이마 언저리에 손을 댄 채

웅크리고 잠이 들었다

아주 깊고 설은 잠이

컹컹

또다시 들려온 기침 소리

놀라 눈 떠보니

단칸방도, 작은 아이도, 여인도

모두 사라진 후였다

다만

작은 아이를 닮은 아이가

여인을 닮은 나의 팔에 안기어

잠들어 있을 뿐이었다

엄마를 위한
기도

한숨 대신 '관세음보살'을 부르시던 외할머니를 따라 엄마는 독실한 불교 신자가 되었다. 할머니의 믿음은 어린 시절의 엄마에게도 고스란히 전해졌겠지만 엄마의 믿음이 깊어진 것은 훗날의 일이었다. 엄마는 '엄마'가 된 이후에야 비로소 신을 향해 간절히 기도하게 되었다고 했다. 수능 기도를 시작으로 대학 입시, 대학원 진학, 임용 시험과 취업, 결혼과 임신, 출산에 이르기까지……. 나와 동생이 생의 고비를 넘을 때마다 엄마의 믿음은 조금씩 견고해졌다.

가볍게 떠난 여행지에서도 절에만 가면 엄마는 자연스럽게 가방 속 염주를 꺼내 108배를 했다. 바닥에 깔려 있던 돗자리에 무릎이 쓸려 피가 맺히는 줄도 모르고 절을 한 적도 있었다. 절을 하는 동안 엄마는 마치 다른 세상에 있는 듯했다. 아무런 말도 들리지 않고 어떤 통증도 느끼지 못하는 것 같았다.

언젠가 호기롭게 엄마를 따라 108배를 했다가 며칠을 고생하고는 일찌감치 엄마를 따라 절하는 일은 그만두었다. 그저 법당 구석에서 엄마의 작은 몸이 동그랗게 말아 졌다 다시 세워지는, 일정한 움직임을 가만히 지켜보았다. 그럴 때마다 말로는 설명하기 어려운, 경외감 비슷한 감정을 느꼈다.

요즘도 엄마는 매일 기도를 한다. 법구경 필사만 벌써 몇 번째인지 모르겠다. 필사하는 내내 엄마는 나와 동생, 할머니의 평안을 빈다. 할머니의 건강이 더 나빠지지 않기를, 두 딸의 가정이 행복으로 가득하기를. 그 덕분일 것이다. 할머니의 건강은 늘 그만그만하시고, 나와 동생 역시 나름의 행복을 누리며 살아가고 있다.

"엄마, 이제 엄마도 엄마 인생을 살아야지. 이제 우리 말고 엄마 기도를 해. 엄마를 위한 기도를."
"너희 둘 다 별 탈 없이 잘 사는 게 엄마의 제일 큰 소원이야. 할머니가 건강하게 곁에 조금 더 계셔주시면 더 좋고. 더는 바랄 게 없어."

엄마는 할머니와 두 딸을 위해 온 마음으로 기도했지만 정작 자신을 위한 기도는 할 줄 몰랐다. 오직 '엄마'로, '딸'로 살아온 세월뿐이라, 스스로를 위해 기도하는 법을 잊은 엄마가 못내 안타까웠다.

생각해보면 사는 동안, 무언가를 위해 간절히 기도해본 기억이 별로 없다. 큰 고비를 만날 때마다 엄마가 내 몫의 기도를 해주었기에, 나는 나름의 노력을 다하는 것으로 기도를 대신했었다.

이제 드디어 내 몫의 기도거리가 생겼다. 평생 나를 위해 기도한 엄마를 위해, 오직 엄마를 생각하는 마음으로.

엄마에게도 당신의 삶이 생기기를. 남은 생은 '엄마'도 '딸'도 아닌, 오직 '자기 자신'으로 살아가기를. 합장하듯 두 손을 가지런히 모아 온 마음으로 기도한다. 엄마의 모든 기도를 들어주신 분이니, 나의 이 기도도 들어주시리라 믿으며.

우리는
매일
통화를 한다

임용을 준비하던 첫해, 매일 새벽 4시 40분에 일어나 5시 10분이면 집을 나섰다. 계절과 상관없이, 칠흑같이 어둡던 그 시간에 골목길을 달려 지하철 첫차에 몸을 실었다. 그렇게 서두르지 않아도 학교 도서관의 자리는 충분했다. 그토록 첫차에 매달렸던 것은, 나만 아는 일종의 의식이었다. 이렇게 열심히 하고 있으니 합격할 수 있지 않을까 하는, 마치 부적 같은 행위였다.

새벽의 찬 서리를 맞으며 도서관에 갔다가 밤 열 시가 훌쩍 넘어서야 집에 돌아왔다. 오자마자 쓰러지듯 잠을 잔 뒤, 새벽 4시 40분 알람이 울리면 물에 젖은 솜보다 더 무거운 몸을 어떻게든 일으켰다. 엄마는 곁에서 그 모습을 오롯이 지켜봤었다.

첫 시험에 떨어진 후, 불확실한 미래에 막막함과 두려움이 엄습해왔다. 사방이 어둠이었고, 나아갈 길은 보이지 않았다. 뒷걸음질 칠 수도, 그렇다고 멈춰 웅크리고 있을 수도 없었다. 마음은 조급했고 미래는 막막했다. 무언가를 더해야겠는데, 무엇을 더해야 할지 알 수 없었다.

고민하던 차에 졸업한 대학에 졸업생에게도 입사(入舍) 기회를 주는 기숙사가 있다는 사실을 알게 되었다. 집과 학교는 대중교통으로 한 시간이 걸릴 만큼 멀었다. 통학 시간만 줄여도 왕복 두 시간은 공부에 더 매달릴 수 있을 것 같았다. 고민 끝에 엄마에게 조심스럽게 말을 꺼냈다.

"엄마, 나 일 년만 학교 기숙사에 살면서 공부해보고 싶어. 엄마 생각은 어때?"

엄마는 그리 오래 고민하지 않고 답을 주었다.

"네 뜻이 그렇다면 그렇게 해 봐. 대신 엄마도 너와 떨어지는 게 처음이니 매일 전화 통화는 하자꾸나."

늦겨울 찬바람이 매섭게 불던 2월의 마지막 날, 옷과 책, 각종 생활용품을 챙겨 기숙사에 들어갔다. 그날부터 나와 엄마는 매일 통화를 하며 서로의 안부를 물었다.

"밥은 먹었어?"
"밤에 잘 때 춥지는 않니?"
"이번 주에 집에 오면 뭐 좀 해줄까? 먹고 싶은 거 있으면 말해."

일과 중 어느 틈에 엄마의 목소리가 있다는 게 큰 위로가 되었다. 주로 엄마가 물었고, 나는 답했다. 엄마는 공부에 관한 질문은 거의 하지 않았다. 심지어 그 흔한, '공부는 잘 되어가냐'는 질문도 없었다. 어련히 잘 할 것이라고, 무한히 믿어주신 것이리라.

그때 나는 불면증에 시달렸다. 겨우 잠이 들더라도 악

몽을 꾸거나 가위에 눌리기 일쑤였다. 스트레스성 위궤양을 진단받아 매일 한 움큼의 약을 먹었다. 부족한 잠을 영양제로 채워보려 몇 종류의 영양제를 쌓아놓고 먹었다. 그렇게 지긋지긋했던 수험생 시절을 견딜 수 있었던 것은 꿈에 대한 희망이나 미래에 대한 기대 때문이 아니었다. 휴대전화 넘어 전해지는 엄마의 마음 때문이었다. 내가 나를 믿지 못하는 동안에도 나를 믿어준 단 한 사람, 엄마가 늘 같은 자리에 있었기에 가능한 일이었다.

엄마의 믿음에 힘입어 두 번째 시험에 합격한 후, 나는 엄마 품을 영영 떠났다. 타지에 발령을 받아 원룸 생활을 시작했다. 말이 좋아 원룸이지, 단칸방이었다. 사방이 벽이었던, 문이라고는 화장실을 향해 난 문과 밖으로 나가는 현관문이 전부였던 작은 방이었다. 안정적인 돈벌이를 가졌다는 안도감도 잠시, 혼자 맞이하는 밤은 근거 없는 두려움을 몰고 왔다.

엄마와의 통화는 그곳에서도 매일 이어졌다. 어둠이 빨리 내리는 계절이면 엄마와 더 긴 통화를 했다. 서로의 친구 이야기, 직장 생활 이야기, 지나간 추억담까지, 이야깃거리는 끊이지 않았다. 주로 내가 많이 떠들었다. 별 의미 없는 이야기를 나누며, 우리는 서로의 외로움과 두려움을 위로했다.

결혼한 직후 얼마간은 엄마와 통화를 유지했지만 매일 하지는 않았다. 이기적이게도 퇴근 후 나를 맞아줄 새로운 가족이 생기자 먼 곳의 엄마가 예전보다 덜 간절했다. 하지만 임신, 출산을 하면서 엄마와의 통화는 다시 일과가 되었다.

아이의 사소한 성장을 마주한 날, 아이를 돌보며 지친 마음을 위로받고 싶은 날, 그런 날에는 유난히 긴 통화를 했다. 덕분에 최근 통화 목록의 상단에는 언제나 엄마가 있었다. 한참 동안 넋두리를 하고 나면 들떴던 마음도, 화로 물들었던 마음도 이내 고요해졌다. 나의 이야기를 있는 그대로 들어주는 누군가가 있다는 것만으로도 큰 위안이 되었다. 그 대상이 언제나 내 편인 엄마라니, 더 바랄 것이 없었다.

요즘은 엄마의 이야기를 그저 들어주는 날도 많다. 엄마는 외할머니 이야기, 친구분 이야기, 어제 본 텔레비전 프로그램 이야기, 유명 연예인 이야기까지 별의별 이야기를 다 한다. 엄마의 말에 장단을 맞춰주기도 하고, 핀잔을 주기도 하면서 익숙한 엄마의 목소리를 오래도록 듣는다.

두 딸을 독립시킨 뒤 노쇠한 외할머니를 모시고 사는 엄마가 너무 외롭지 않았으면 좋겠다. 그 마음으로 내일도 엄마에게 전화를 하려 한다. 그것이 남아 있는 엄마의 생에 드릴 수 있는, 최선의 선물일 거라는 마음으로.

결코
이해할 수 없었던
엄마를 닮아가며

엄마는 화를 침묵으로 표현했다. 한 번 입을 닫으면, 최소 며칠은 엄마 목소리를 들을 수 없었다. 길게는 몇 주씩 대화를 나누지 못한 적도 있었다. 특히 내가 거짓말을 하거나 약속을 어길 때면 침묵의 시간은 무척 길어졌다. 나에게는 가벼운 거짓말과 약속이었지만, 엄마에게 거짓말과 약속은 어떤 경우에도 가볍지 않았다.

엄마의 침묵이 길어지면, 어느 순간부터 내가 저지른 잘못에 대한 후회와 반성은 옅어졌다. 오로지 엄마의 침묵을 견디는 고통만 남았다. 그럴 때마다 엄마를 이해할 수 없다고 생각했다. 그냥 화를 내거나 한 대 쥐어박고 끝내면 안 되는 건가. 대체 언제까지 이 침묵을 견뎌야 하는 건가. 엄마 마음에 생채기를 냈다는 사실은 까마득히 잊어버리고, 견디는 동안 내가 감당해야 하는 고통만 선명해졌다.

자유와 해방을 만끽하던 대학생 시절, 엄마는 '11시'라는 통금 시간을 정해주었다. 드디어 꿈에 그리던 스무 살이 되었는데, 목표하던 대학에 합격했는데, 이제 좀 마음대로 놀아보려는데, 통금이라니! 한참 신이 나고 흥이 오르던 때에 엄마에게서 빨리 지하철 타라는 독촉 전화가 걸려 왔다. 전화가 온 줄도 모르고 신나게 놀 때도 있었지만, 가끔 걸려온 전화를 일부러 못 본 척하기도 했다. 그렇게 엄마와 나 사이의 약속은 온데간데없이 사라졌고, 11시 통금은 번번이 깨어졌다. 11시 45분, 겨우 막차에 올라타고서야 엄마에게 문자를 보냈다.

"엄마, 미안. 이제 지하철 탔어요."

어두운 골목길을 혼자 올라오게 할 수 없던 엄마는 동

생의 손을 잡고 나를 데리러 왔다. 오르막을 오르는 내내 우리는 한 마디 말도 주고받지 않았다. 나에게는 저지른 잘못이 있었고, 엄마에게는 실망과 화를 표현할 다른 방법이 없었다. 그날부터 며칠 혹은 몇 주간, 엄마는 침묵했다. 나는 말 없이 그 시간을 견뎠다. 방과 방 사이의 경계마저 모호하던 작은 집에서 한 사람의 침묵을 견디는 일은 여간 괴로운 게 아니었다. 그럼에도 불구하고 그 시간이 끝나면 나는 또 언제 그런 일이 있었냐는 듯이 엄마와의 약속을 어겼다. 그러면 엄마는 다시 침묵하고, 나는 또 견디고. 흡사 뫼비우스의 띠처럼.

그때 나는 모든 책임을 엄마 탓으로 돌렸다. 엄마가 좀 풀어주면 될 걸, 엄마가 좀 덜 엄하면 좋을 걸, 엄마가 침묵 대신 다른 방법을 선택하면 될 걸, 엄마가 나의 방식을 인정하면 될 걸, 엄마가, 엄마가……. 엄마는 입을 닫으면 그만이겠지만 견디는 나는 죽을 맛이라고, 속으로 원망한 적도 많았다. 보이지 않는 엄마의 마음을 알 도리가 없어 그저 답답해하기만 했다.

요즘 나는 전에 없이 자주 침묵한다. 두 아이는 내 뜻대로 자라지 않고 남편은 내 마음 같지 않다. 울컥. 붉은 감정이 용암처럼 쏟아지려 할 때면 꼭 그때의 엄마처럼 입을 닫는다. 그러면서 침묵 속에 가려졌던 엄마의 속마음을 알게 되었다. '지금은 너에게 화가 났으니 말을 하지 않겠다.'라거나 '마음이 풀어질 때까지 무작정 기다려라.'라는 게 아니었다. 솟아오르는 분노와 서운함을 표현할 길이 없어, 스스로 깊은 동굴 속에 숨어든 것이었다.

결코 이해할 수 없었던 엄마를 닮아가며, 지난날 침묵 속에 갇혔던 엄마의 마음을 들여다본다. 나만 견디고 있다고 생각했던 그 시간 동안 엄마도 견디고 있었음을 이제야 깨닫는다. 원망이라도 할 수 있던 나와 달리, 원망조차 할 수 없었던 엄마는 얼마나 무기력했을지.

나의 깨달음은 늘 이렇게,
한 발쯤 늦다.

나의
또 다른 이름,
'믿음'

엄마 휴대전화에 내 전화번호는 '믿음'으로 저장되어 있다. 처음 엄마가 휴대전화를 샀을 때부터 그랬다. 그러고 보면 엄마는 언제나 나에게 '믿는다.'라고 했다. 실수를 하거나 좌절에 빠질 때에도 엄마는 한결같이 '너를 믿는다.'라고 말해주었다.

'마음을 다잡을 거라고 믿는다.'
'잘 해낼 거라고 믿는다.'
'이겨낼 거라고 믿는다.'

'잘 견딜 거라고 믿는다.'

어릴 땐 엄마의 무한한 믿음이 부담스러울 때도 있었다. 믿음에 어떻게든 보답해야 한다는 책임감이 마음을 무겁게 했다. 잘 할 수 없는데, 이번에는 정말 못 견디게 힘든데, 엄마가 자꾸만 믿는다고 하니 포기할 수도 없고 무너질 수도 없었다. 희한한 것은 엄마의 믿음이 계속될수록, 그 믿음을 저버리지 않겠다는 다짐이 내 안에서 자라났다는 것이다.

언제부터인가 엄마가 '믿는다.'라고 말해주지 못하는 순간에 스스로에게 '믿는다.'라고 말해주게 되었다. 엄마를 실망시키지 않기 위해 자존심을 세우던 삶이 스스로를 실망시키지 않기 위해 자존감을 세우는 삶으로 변화하기 시작했다. 언제 어디서든, 무조건 나를 믿어주는 단한 사람이 있다는 것은 그토록 거대한 에너지가 되었다.

엄마가 되고 보니 부모는 그런 존재였다.

믿어주는 존재. 아이는 그 믿음으로 자랐다. 할 수 있다는 믿음, 결국 해낼 것이라는 믿음이 아이를 일어서게 하고 걷게 하고, 달리게 했다. 물론 무조건 믿고 기다리는 일이 쉽지는 않았다. 금방 속이 타고, 애가 말랐다.

"엄마, 엄마는 어떻게 그렇게 나를 믿어줬어? 나 엄마 속 엄청 썩였는데?"
"그냥 믿는 거지 뭐. 믿는 데 무슨 방법이 있나. 믿어야지, 믿어줘야지. 그러는 거지."

엄마는 나를 '믿는 마음'보다 '믿어주겠다.'라는 결심에 의지한 건지도 모른다. 믿는 일에 애가 탈 때면, 마음을 다잡고 믿어주자 결심하고 또 결심한 건지도. 그것이야말로 세상에서 유일하게 부모만이 해줄 수 있는 일이라는 마음으로 말이다.

엄마의 믿음으로 단단히 뿌리 내린 내 나무는, 이제 나의 두 아이에게 믿음의 꽃씨를 뿌리는 중이다. 엄마가 내게 주었던 마음이 아이들에게로 대물림 되는 경이로운 순간을 경험하면서, 매일이 감사한 날들이다.

우리 집
냉장고에는
엄마가 산다

"띵동– 띵동–"

현관 벨소리가 울렸다. 택배였다.

쿵, 문을 열어보지 않아도 꽤 무거운 물건이 도착했다는 것을 짐작할 수 있었다. 벨소리를 듣자마자 현관으로 뛰어나간 아이들을 뒤로 물리고 문을 열었다. 엄마가 보낸 제법 큰 아이스박스였다.

혹여 쏟아질까, 몇 겹으로 덧붙인 노란 테이프를 뜯어내는 것부터 보통 일이 아니었다. 겨우 뚜껑을 열어보니 종류별로 나눠 담은 음식들이 빼곡하게 들어있었다. 생선과 오징어, 어묵, 시루떡과 인절미, 곶감, 쪄서 얼린 옥수수까지. 끝도 없이 쏟아지는 음식을 보며 마치 화수분 같다는 생각을 했다. 아이들은 좋아하는 오징어와 옥수수를 한 봉지씩 들고는 신이 났고, 나는 한가득 펼쳐진 엄마의 마음을 보며 순간 멍해졌다.

며칠 전 엄마와 통화를 하다가 생선과 오징어가 남았냐는 엄마의 물음에 다 먹어간다고 대답했었다. 근처에서도 얼마든지 살 수 있는 것들이었지만, 고향의 수산시장에서 구입한 것들과는 비교가 되지 않았다. 아기 때부터 엄마가 보내준 생선과 오징어에 익숙한 아이들은, 그것이 아니면 잘 먹지 않았다. 전화를 끊자마자 엄마는 장을 보러 갔던 모양이었다.

운전을 하지 못하는 엄마는 손수레를 끌고 버스에 올랐을 것이다. 오로지 손자들이 좋아할 생선과 오징어를 사기 위해. 힘들게 사 온 생선과 오징어를 그냥 부치지도 않았다. 깨끗이 손질해서 한 번에 먹을 만큼 따로 포장한 뒤, 꽁꽁 얼려서 부쳐주었다. 덕분에 나는 주부로 살아온 지 어언 5년이 되었건만 생선도, 오징어도 손질할 줄 모르는 이름뿐인 주부가 되었다. 아이스박스에서 꺼낸 음식들을 그대로 펼쳐 놓은 채 엄마에게 전화를 걸었다.

"엄마, 생선이랑 오징어만 보내주면 되는데, 이 많은 음식은 대체 뭐예요?"

"뭐긴 뭐야, 애들이랑 같이 먹으라고 보냈지. 떡은 이번에 절에 갔다가 기도 떡으로 받아온 건데 맛있더라. 애들 보면서 끼니 거를 때 하나씩 꺼내 먹어. 곶감은 네가 좋아하는 거잖아. 옥수수는 먹어보니 알도 굵고 쫀득쫀득하더라. 종일 애들 데리고 있으면서 간식으로 하나씩 해동해 줘. 어묵은 반찬 없을 때 물에 데치기만 해도 되니까 그리 해 먹고."

뭘 이런 것까지 보냈냐는 말이 목구멍까지 올라왔다. 하지만 그런 말로 엄마의 성의를 저버리고 싶지 않았다.

감사히 잘 먹겠다 한마디면 충분했다. 전화를 끊은 뒤 음식을 차곡차곡 냉동실에 넣었다. 그러고 보니 냉동실에 들어있는 지퍼백의 대부분이 같은 모양이었다. 모두 엄마에게서 온 것들이었다. 불고기를 소분해서 얼린 것, 재첩국, 제육볶음, 어디서 선물로 들어왔다던 스테이크용 소고기, 각종 견과류와 멸치 가루까지. 우리 집 냉장고 속에는 엄마가, 엄마의 마음이 살고 있었다.

두 아이의 '엄마'가 된 지 5년쯤 되었지만 나는 여전히 엄마의 '딸'이었다. 냉동실 그득한 엄마의 마음을 보고 있자니, 코끝이 시큰하면서도 한편 마음이 든든해졌다. 영하 20도의 냉동실에서도 얼지 않을, 훈훈한 그 마음이 나를 보듬어주는 듯했다.

가만 생각해보니 우리 집에는 엄마의 흔적이 가득한데 엄마 집에는 나의 흔적이 별로 없을 듯했다. 아주 오랜만에 엄마에게 꽃 선물을 보냈다. 봄 향기를 몰고 오는 프리지아와 봄 빛깔 가득한 새빨간 튤립을.

몽우리에서 꽃이 피고, 향을 흩뿌리는 동안만이라도,
나의 마음이 엄마 곁에 따스하게 머물기를 바라며.

엄마 앞에서는
아직도
철부지 아이가 된다

"엄마, 앉아서 같이 먹어요."

"엄마, 좀 쉬어요."

"엄마, 내가 할게요."

어떤 말에도 엄마의 대답은 한결같았다.

"응, 알았다."

대답과 달리 엄마는 잠시도 엉덩이를 붙이고 앉는 법
이 없었다. 엄마가 우리 집에 오든, 내가 엄마 집에 가든,

엄마는 나를 만나면 언제나 바빴다. 하나라도 더 먹이고, 잠시라도 더 쉬게 하기 위해. 매번 엄마의 수고로움이 안쓰러우면서도 엄마만 만나면 내 엉덩이는 왜 그렇게 무거워지는지.

며칠 전, 아주 오랜만에 엄마가 왔다. 양쪽 주머니에는 아이들을 위한 간식이 들어있었고, 손에는 나를 위한 아이스 아메리카노 한 잔이 쥐어져 있었다. 엄마는 집에 들어서자마자 차례로 두 아이를 안아준 뒤, 친정집에서부터 가져온 짐을 풀기 시작했다. 엄마는 단 한 번도 빈손으로 오는 법이 없었다. 하다못해 냉동실에 꽁꽁 얼려두었던 주전부리라도 가지고 와야 마음이 좋으신 모양이었다.

"제발 그냥 와요. 집에도 먹을 거 많은데 뭘 이런 거까지 싸 왔어."

핀잔을 줘도 그때뿐이었다. 엄마가 되었어도 그 마음을 모두 알지 못하는 나는 입을 닫았다. 오랜만에 집에 누가 와서인지, 그 대상이 할머니여서인지 아이들을 모처럼 신이 났다. 덕분에 실로 오랜만에 같은 공간에 있으면서도 아이들에게서 잠시 벗어날 수 있었다. 구석에 웅크리고 앉아 휴대전화를 들여다보면서 입만 벙긋거렸다.

"애들아, 할머니 힘드셔. 너무 세게 매달리지 마."

점심 식탁에 엄마가 가져온 가자미구이가 놓였다. 살을 발라 손으로 꼭꼭 만져 잔가시까지 제거한 후 아이들 밥 위에 올려주었다. 그러는 사이 엄마는 내 밥그릇 위에 살을 발라낸 가자미 조각을 올려주었다. 엄마는 나에게, 나는 아이들에게, 다시 엄마는 나에게, 나는 아이들에게. 돌림노래처럼 반복되는 우리의 행동에 웃음이 났다.

"나는 생선 안 먹는다."

단호한 엄마의 말에 권하지도 못하고 아이들 밥그릇에만 생선살을 놓았다. 언제나 내 몫이던 점심 설거지도 그날만은 엄마 몫이었다. 둘째의 낮잠 시간 동안 혼자 시간을 보냈던 첫째도 그날만은 외롭지 않다. 엄마 한 사람이 불러온 기적은 꽤 컸다.

해질녘이 되어서야 엄마는 집으로 돌아갔다. 현관을 나서는 엄마에게 종일 엄마 덕분에 편하게 보내고, 힘들었던 마음도 조금 나아졌다고 얘기하고 싶었다. 괜히 머쓱해서 그냥 "고마워요, 엄마"라고 짧게 말했다.

"자주 못 와서 미안하다. 간다."

미안하긴 뭐가 미안하다는 건지 도무지 이해할 수가 없다고 생각하는 순간, 마음에서 뜨거운 무언가가 차올랐다. 여전히 따라잡을 수 없는 엄마의 마음에 종일 꾹꾹 눌러놨던 눈물이 폭발하듯 터져 나왔다. 한바탕 우는 동안, 엄마에게서 짧은 메시지가 도착했다.

'기차 탔다. 애들만 챙겨 먹이지 말고, 너도 잘 챙겨 먹어라. 오늘 사다 준 종합비타민제 한 알씩 꼭 챙겨 먹고.'

엄마를
자꾸 잊어서
미안해

"엄마, 오늘은 좀 어때요?"

"머리가 많이 아프네……. 엄마 지금 좀 잔다."

"알았어요. 일단 자고, 나중에 통화해요."

띠릭.

전화가 끊어지는 소리에, 마음속 어딘가가 함께 끊어 지는 듯했다. 엄마는 며칠 전부터 몸이 별로 좋지 않다고 하더니 어제부터는 심한 두통으로 꼼짝없이 누워 있다고 했다. 어제, 오늘은 대답도 겨우 할 정도로 목소리가 좋지 않았다. 차로 한 시간 반이면 가는 곳이지만 아이들이 있어 가 보지도 못한 채 마음만 동동거렸다. 아니, 돌이켜보니 마음도 그리 자주 동동거리지 못했다.

엄마가 아픈데, 어제는 날씨가 너무 좋아 아이들과 가까운 공원으로 소풍을 갔다.

엄마가 아픈데, 아이들은 즐거웠고 덩달아 나도 많이 웃었다.

엄마가 아픈데, 나는 아이들과 함께 짜장면에 탕수육을 먹었다. 그것도 아주 잘 먹었다.

엄마가 아픈데, 종일 아이들 쫓아다니느라 힘들었다는 이유로 늦은 밤 맥주 한 캔을 마셨다.

엄마가 아픈데, 오늘 아침에는 오징어를 데치고 오이를 썰고 백김치를 덜어 남편의 도시락을 싸고 아이들에게 아침밥을 먹였다.

엄마가 아픈데, 아이들 등원시키고 돌아오면서 저녁 장을 보고 아이스 라테를 사 왔다.

엄마가 아픈데, 엄마가 아픈데, 엄마가 아픈데…….

솔직히 어제, 오늘 자주 엄마를 잊었다. 아이들과의 시간이 즐거워서, 해야 할 일들이 많아서 엄마가 아프다는 사실을 잊었다. 아이들 입에 밥 들어가는 게 예뻐서 죽도 겨우 먹을 엄마를 생각하지 못했다. 여름 햇살을 받으며 초록 위를 달리는 아이들이 눈부셔서 혼자 앓고 있을 엄마를 떠올리지 못했다.

딸로만 살던 시간을 지나 두 아이의 '엄마'로 살게 되면서 종종 '딸'의 자리를 잊게 된다. 더 이상 엄마는 내 삶에서 1순위가 아니다. 엄마 품에서 자라던 기억은 흐려지고, 내 품에서 자라는 아이들의 기억만 생생하다.

"이제는 내가 네 가족이 아니라 양서방이랑 사랑이, 봄이가 네 가족이야. 엄마한테 마음 쓰지 말고 살아. 엄마는 엄마대로 남은 생 행복하게 살 테니."

언젠가 엄마는 스치듯 말했다. 이제는 엄마의 '딸'로 매여 살지 말라고, 내가 챙겨야 할 가족에 엄마는 없어도 된다고. 그 말이 오래도록 마음에 남아 한참을 울었다. 스물일곱에 두 딸을 둔 가장이 되어, 평생 나와 동생을 위해 살아온 엄마가 말할 수 없이 애틋했다.

'내리사랑'이라더니 정말 그런가 보다. 사랑은 아래로, 아래로만 흐르는가 보다. 흘러내리는 사랑의 물길 위로 길 잃은 마음이 둥둥, 떠내려간다. 거스를 수 없는 사랑의 흐름 속에서 유난히 마음이 아린 날이다.

엄마가 아픈데, 나의 일상은 너무 평온해서, 때론 지나치게 행복해서, 사랑이 자꾸 아래로만 흘러서.
결국 다 엄마에게서 흘러온 사랑인데, 거슬러 엄마에게로 달려가지 못해서.

너무 미안해요.
엄마.

엄마가 왔다

덜컹. 덜컹. 택배 트럭에 실려
엄마가 왔다
똑.똑. 현관문 두드리는 소리와 함께
큼지막한 스티로폼 상자에 꾹.꾹. 눌러 담긴
엄마 마음이 왔다
노란 테이프 몇 바퀴로 모자라 투명 테이프 덧 두른
틈 없이 온전한 엄마 마음이 왔다

뚜껑 열자마자 켜켜이 쌓인 엄마 마음 쏟아졌다
비어있는 냉동실을 열어 차곡차곡 넣었다
영하 17도의 냉동실에서도 얼지 않을
우리 엄마 마음
한동안은
냉동실 문 열 때마다

훅,

끼쳐오는 엄마의 온기에

마음이 뜨끈해 오겠다

에필로그

엄마는 나에게 모든 것을 주었다. 작은 몸에 방을 내어 아홉 달을 품었다. 피와 살, 뼈를 내어 젖을 물렸다. 온 생을 걸어 나를 제 몫하고 살아갈 수 있는 어른으로 키워냈다. 이제 엄마의 몸은 예전보다 더 작아졌다. 예순 해를 살아내고서도 당신이 무엇을 좋아하고 원하는지 알지 못하는, 그저 두 딸의 엄마이자 손자 셋을 둔 할머니가 되었다.

그러고도 엄마는 여전히 나에게 미안해한다. 이유는 단하나, 더 해주지 못해서.

어린 시절에는 엄마가 나에게 미안해하는 이유가 아빠와의 이혼 때문이라고 생각했다. 아빠 없는 아이로 자라게 하는 것이 미안해서 종종거리는 줄 알았다. 하지만 그게 전부는 아니었다.

과연 아빠가 있었다면 엄마가 나에게 덜 미안해했을까. 아니었을 것이다. 어떤 상황이었더라도 엄마는 항상 더 해주지 못해 미안해하지 않았을까.

모든 것을 다 주고도 더해주지 못해 미안해하는 사람.
당신이 부족해 딸이 고생할까 봐 밤낮으로 애태우는 사람.
나보다 나를 더 걱정하는, 세상에서 유일한 단 한 사람.
엄마.

이제 엄마와 나는 서로를 향해 실체 없는 무언가를 빚진 마음으로 함께 늙어가고 있다. 이미 지나간 세월과 아직 오지 않은 시간을 마음 빚으로 안고 살아가는 우리. 어쩌면 우리는 서로에게 영원한 빚쟁이로 남을지도 모른다. 이 빚은 무엇으로도 다 갚을 수 없음을 안다. 그러니 그저 품고 살아갈 수밖에. 앞으로 더 큰 빚을 지지 않기 위해서라도 남은 시간, 서로 더 많이 사랑하는 수밖에 없다.

그러고 보면 우리는 아주 오래전부터 알고 있었던 것 같다. 서로를 지극히 사랑하는 것 외에는 할 수 있는 일이 없음을. 아무것도 없던 우리가 이토록 충만한 삶을 살 수 있었던 것은 오직 서로에 대한 사랑 덕분이었음을.

엄마와 함께 한 모든 순간은 기적이었다. 엄마가 있어서, 엄마의 딸로 살아서 무한히 행복했고 더없이 따스했다. 사랑하고 사랑받으며 이미 완벽하게 아름다웠다.

아마 남은 생의 모든 순간 또한 그럴 것이라고, 감히 확신한다.

여기까지 함께 해준 당신께, 마지막으로 질문 하나를 남긴다.

"당신과 엄마 사이에는
어떤 러브스토리가 존재하나요?"

초판 1쇄 ┃ 2021년 9월 15일
지 은 이 ┃ 진아

발 행 인 ┃ 김수영
편집 · 디자인 ┃ 부카
발 행 처 ┃ 담다
출판등록 ┃ 제25100-2018-2호
주   소 ┃ 대구광역시 달서구 조암로 38 2층
메   일 ┃ damdanuri@naver.com

ⓒ 진아, 2021
ISBN 979-11-89784-14-0 (03810)